suhrkamp taschenbuch 3488

»Hannah liegt in ihrem Bett. Ohne ihren Körper. Ohne Stefan. Ihren Körper hat Stefan mitgenommen, ihr Körper ist ihm gefolgt. Jetzt gehört er ihm. Das einzige, was Hannah noch gehört, ist ihr Mund. Bis auf den Mund ist ihr Körper abwesend. Es ist eine Abwesenheit, die sie nicht als Verlust, nicht als Mangel empfindet, sondern als Versprechen.«

Hannah ist die jüngere Schwester und sehnsüchtig. An dem Tag, an dem der Vater die Familie ohne ein Wort verläßt, kommt Stefan zu Besuch und zeigt ihr eine nicht gekannte Selbstgegenwart.

Klara ist die Mutter. Sie hat den Familienalltag mit einer undurchdringbaren Teflonschicht überzogen, um ihre Töchter vor dem Leben zu bewahren. Kontrolle und Manipulation sind Klaras einzige Leidenschaften. Bis sie Stefan begegnet.

Nora ist die ältere Schwester und Hannahs Verbündete. Als sie auszieht, bekommt der Alltag Risse. Um Hannah zu schützen und sich selbst zu spüren, beschließt Nora, es mit Stefan aufzunehmen.

Richard ist der Vater. Er kommt und geht.

Stefan bringt die Lawine ins Rollen. Er bereitet einen Fluchtweg aus der abgedichteten Familiensituation. Dabei setzt er nicht nur sich, sondern auch die Frauen in seinem Leben aufs Spiel.

Annika Reich beschreibt die Irrungen und Wirrungen zweier Mädchen auf der Suche nach dem eigenen Körper, nach der Sexualität, nach Selbständigkeit – nach einem Fluchtweg aus ihrer Familie, die Gefühle nicht ausspricht, nicht anspricht, nicht zuläßt.

Annika Reichs Prosadebüt geht unter die Haut, sie legt den Finger auf die Wunde und zeigt, wie es weh tut: Erwachsenwerden.

Annika Reich, 1973 in München geboren, lebt in Berlin. Sie studierte Ethnologie und Philosophie und arbeitet als Lehrbeauftragte an der FU Berlin. Diverse wissenschaftliche und literarische Veröffentlichungen. 2001 wurde sie für ihre Erzählung »Goethe ist Japaner« mit dem 1. Preis des Literaturwettbewerbs von MAX und dem Fischer Verlag ausgezeichnet.

Annika Reich
Teflon
Erzählung

Suhrkamp

Umschlagfoto: Bettina Khano

Teflon® is a registered trademark
of E.I. du Pont de Nemours and Company
for fluoropolymer resins, fibres,
films, finishes, fabric protectors,
and other specialty products.
DuPont has not authorized the use of Teflon®
in this book and has no connection with the book
or its author.

suhrkamp taschenbuch 3488
Erste Auflage 2003
Originalausgabe

Druck: Printed in Germany
ISBN 3-518-39988-8

1 2 3 4 5 6 – 08 07 06 05 04 03

Teflon

Hannah liegt in ihrem Bett. Ohne ihren Körper. Ohne Stefan. Ihren Körper hat Stefan mitgenommen, ihr Körper ist ihm gefolgt. Jetzt gehört er ihm. Das einzige, was Hannah noch gehört, ist ihr Mund. Den spürt sie, seitdem er weggegangen ist, so stark wie nie zuvor. Es fühlt sich so an, als hätte man ihr erst heute einen Mund gemalt, als wäre sie vorher ohne Mund durchs Leben gelaufen. Bis auf den Mund ist ihr Körper abwesend. Es ist eine Abwesenheit, die sie nicht als Verlust, nicht als Mangel empfindet, sondern als Versprechen.

Den ganzen Abend hat er ihr auf den Mund geschaut. Vielleicht hat er ihr tatsächlich heute erst einen Mund gemalt. Sie versucht, durch die Nase zu atmen. Sie versucht, ihrem Körper hinterherzuspüren. Was er jetzt wohl gerade mit ihm macht? Ob er ihn nackt mitgenommen hat oder angezogen? Ob er ihn gerade auszieht? Jetzt gerade?

Sie hat nicht geahnt, daß sie einen Mund gemalt bekommen würde, als sie die Frage ihrer Mutter, ob sie und ihre Schwester Nora heute abend da wären, wenn ihre alte Freundin Marie Braun und ihr Mann kommen, bejaht hatte.

Stefan Braun war durch die Tür übergangslos in sie hineingekommen. Ohne Flur. Er war schon in ihr drin, bevor er sie begrüßt hatte. Mit diesem Blick, der sie mit einem Schlag in einer unbekannten Gegenwart aufwachen ließ. Dann sprach er zwei Worte direkt in ihren Mund. Und diese beiden Worte waren so rund und kühl, daß sie sich als Murmeln auf ihre Zunge legten. Mit den Murmeln auf der Zunge konnte sie ihre Begrüßung nur noch flüstern, und sie flüsterte ihr Hallo mit einer belegten Stimme, so als hätte sie schon seit Stunden nichts mehr gesagt, oder vielleicht sogar so, als hätte sie mit dieser Stimme noch nie etwas gesagt.

Ihre Mutter Klara versuchte sofort, den Belag von Hannahs Hallo zu wischen. Sie streckte Stefan die Hand hin und schnitt damit mitten durch den Bannkreis, der sich um Hannah und ihn gebildet hatte. Währenddessen schaute sie Marie an und fragte sie, ob Hannah ihr ähnlich sähe. Die Irritation in Klaras Stimme stieg von Wort zu Wort. Nicht nur, daß Vaters Verschwinden heute morgen trübe Spuren im Raum hinterlassen hatte, auch Stefans Anwesenheit hatte die Luft stark anschwellen lassen.

Als Marie Hannah daraufhin prüfend ansah, erschrak Hannah und versteckte schnell die Murmeln unter ihrer Zunge. Dann gab sie ihr die Hand und sagte guten Abend, ohne ihre Zunge von der unteren Zahnreihe zu bewegen.

Marie begrüßte Hannah und musterte sie. Klara hätte in Hannahs Alter doch ganz anders ausgesehen, und Nora sähe ihr viel ähnlicher. Sie hätten Nora noch draußen am Tor getroffen. Hannah müsse also viel von ihrem Vater haben und wo er, Richard, denn heute abend sei?

Hannah atmete durch die Nase und öffnete ihren

Mund nicht, noch nicht einmal für ein Lächeln. Und während Klara in leicht gereiztem Pink Richards Abwesenheit eine Geschäftsreise überstülpte, fixierte Stefan Hannah weiter mit den Augen. Er folgte seinen Murmeln in ihr Versteck unter der Zunge. Hannah begegnete seinem Blick kurz, als sie ihn unter ihrer Zunge spürte, und er nickte ganz leicht. Sein Nicken sagte: Gut, Hannah, gut gemacht. Sie mußte lächeln: Natürlich. Sie war in ein Spiel eingestiegen, von dem sie bis vor fünf Minuten noch nicht gewußt hatte, daß es existierte, geschweige denn, wie die Regeln funktionierten. Aber sie schien die richtigen Züge zu machen, um es weiterspielen zu können. Es war nicht einmal sein Spiel, das sie mitspielte, es war ihr gemeinsames Spiel, das sich gerade erst selbst erfand.

Klara und Marie hatten sich gemeinsam Richtung Eßzimmer in Bewegung gesetzt, während sie sich weiter über Richards Geschäfte unterhielten. Stefan folgte seiner Frau, und Klara und legte dabei seine Hand mit der ganzen Handfläche auf Hannahs Rücken, unter ihre Schulterblätter – mitten ins Kreuz.

Als sie dann alle vier am Tisch saßen, spürte Hannah die Umrisse seiner Hand als Feuerzeichen auf ihrer Haut. Sie erkannte es, es war *ihr* Zeichen, das er ihr auf den Rücken gebrannt hatte. Und auf einmal war es klar: Sie hatte auf dieses Zeichen gewartet. Und sie wollte es tragen, stolz und für immer. Ein Teil ihres Lebens war jetzt vorbei, unwiederbringlich vorbei.

Da drang von weit her plötzlich eine Frage zu Hannah durch. Es war egal, sie konnte ruhig antworten, das Zeichen würde nicht verblassen. Nur die Murmeln. Sie wollte die Murmeln nicht durch unnötiges Gerede aus ihrem Versteck holen und herunterspülen. Sie antwortete also wieder knapp, mit der Zunge starr an der unteren Zahnreihe.

Nach und nach fragte Klara Stefan so viele Fragen über seine Choreographien, daß es nur darum gehen konnte, seine Stimme in ihre Richtung zu lenken. Stefan antwortete leise, ohne Klara dabei auch nur einen Moment lang anzusehen. Jedes einzelne Wort streifte Hannahs Mund, während es in Klaras Gehörgang verschwand. Er erzählte über einen kanadischen Tänzer und darüber, daß er nur Choreographien mit Tänzern aushielte, die ihn aus der Fassung brächten. Seinen Blick ließ er dabei unbeirrt auf Hannahs Lippen ruhen. Er redete so lange, bis seine Worte die erste Murmel in Hannahs Mund unter der Zunge hervorlockten und sie ins Rollen brachten. Die Murmel rollte Hannahs Zunge entlang nach hinten, streifte ihr Zäpfchen und stürzte ihre Speiseröhre hinunter. Dann wendete er sich ab und beendete, Klara erstmalig anblickend, seine Ausführungen über den Kanadier.

Klara atmete tief durch und goß sich ein Glas Wasser ein.

Die Murmel schoß mit einer solchen Kraft Hannahs Speiseröhre hinunter in den freien Fall, daß sie in Hannahs Magen einschlug. Sofort baute sich ein ohrenbetäubendes Surren rechts und links von ihren Ohrmuscheln auf. Zwei riesige Gongs nahmen ihren

Körper in die Mitte, hoben ihn auf und schleuderten ihn in ihre Spirale. Auf die Mitte der Gongs zurasend, zog es ihren Körper nach unten, dem Sog der Murmel hinterher. Sie stülpte sich um. Ihre Magensäfte spritzten in alle Richtungen und zündeten ein Feuerwerk. Kaum hatten die Funken die Murmel verlassen, zogen sich ihre Magenwände blitzschnell zusammen und schlossen sie in ihrem Inneren ein.
Und inmitten dieses Rausches erkannte Hannah plötzlich: Sie hatte etwas ganz und gar Unverdauliches geschluckt. Etwas, das für immer als Bombe in ihrem Magen liegen würde. Etwas, das ihr jederzeit den Boden unter den Füßen wegreißen und alles in den Spiralenrausch schleudern konnte. Alles. Ready to explode. Lebenslänglich.

Marie hatte Hannah noch gar nicht bemerkt, hatte sie vorhin zwar begrüßt, ja sogar gemustert, aber nicht bemerkt. Erst jetzt, als Klara Stefan nach diesen Operngeschichten fragte, schaute sie zu ihr hinüber. Und prallte an Hannahs abwesendem Gesichtsausdruck ab. Sie wußte sofort, wo der Körper des Mädchens war. Fluchtartig raffte sie ihren Blick wieder zusammen und zog ihn zurück in ihre Augenhöhlen. Nichts hatte sie gesehen. Nichts. Nichts wie zurück. Sie riß ihren Blick nach unten, irgendwo mußte sie ihre Lider festmachen, sonst schwemmte es sie wieder aus der Höhle heraus. Wieso hatte sie den hellblauen Lidschatten gewählt, den leichtesten, den sie besaß, warum nicht den grauen, den braunen, den schwarzen? Wenn sie jetzt nicht bald etwas fand, an dem sie sich festhalten konnte, dann ... Jetzt hieß es,

Luft anhalten und die gesenkten Lider über den Tisch ziehen, bis sie irgendwo hängenblieben. Da: ein Ruck. Marie zog noch einmal, aber es zerrte schon bis zu ihren Augenbrauen hoch – Gott sei Dank! Ihre Lider hingen am Fleisch der Entenbrust auf ihrem Teller. Fürs erste gerettet. Wenn sie jetzt so schnell soviel Entenbrust wie möglich aß, dann holte sie die Schwere in sich hinein und wäre in Sicherheit. Die Entenbrust war fett genug. Sie würde ihr Halt geben im Magen. Also ein Stück nach dem anderen in den Mund, kurz kauen und hinunter.

Stefans Blick ruhte nun auf Klaras Kehle. Klara schluckte, schob fahrig ihre Haare zur Seite und entblößte ihr linkes Ohr. Stefan beschrieb jetzt die Haut einer älteren Tänzerin. Er sparte nichts aus, aber zugleich schien er von dieser Haut eine Karte zu zeichnen, die jeder Falte, jeder durchscheinenden Ader, jeder Schlaffheit und jeder Narbe eine solche Bedeutung zuschrieb, als ginge es darum, einen Schatz zu finden. Oder als sei diese Haut die Karte einer einzigartigen Welt. Klara legte das andere Ohr frei. Und als Stefan von der Haut auf ihrem Nacken, ihrer Kehle und ihren Ohren sprach, goß sie Marie ein Glas Wasser ein. Es lief über. Auf der Tischdecke bildete sich ein dunkler See. Klara merkte es nicht. Marie merkte es nicht. In Hannahs Kopf dröhnte es.

Wenn Hannah sich zurücklehnte, zog es Stefan an den Tischrand; wenn er seinen Rücken kurz an die Stuhllehne drückte, kam sie nach vorne und stützte sich auf den Tisch. Der Tisch zwischen ihnen steigerte das Gegenüber und machte jegliche Distanz zwischen ihnen unmöglich.

Als Marie eine schwere Entenfleischkugel in ihrem Bauch spürte, versuchte sie wieder aufzuschauen, aber das Gewicht in ihrem Magen hing bereits schwer an den Lidern. Erst da merkte sie, daß sie nicht nur ihren Teller, sondern auch die ganze Platte leer gegessen hatte. Sie setzte sich gerade hin, spannte ihre Bauchdecke an, um die Kugel etwas hochzuheben, und blickte durch den ihr verbleibenden Augenschlitz über den Tellerrand. Ob sie jemand beobachtet hatte? Aber weder Klara noch dieses Mädchen schauten in ihre Richtung, sie waren beide vollends mit Stefan beschäftigt. Und Stefan hatte sie wie immer aus den Augen verloren.

Nachdem die erste Murmel gerollt war, hatte Stefan Hannah nicht mehr auf den Mund geschaut. Und sie hatte sofort verstanden, was er damit sagen wollte: Die zweite Murmel mußte sie selbst schlucken. Sie war wieder am Zug. Schluckte sie die Murmel, ging das Spiel weiter; ließ sie sie vor sich auf den Teller fallen, würde er sich verabschieden, als ob nichts gewesen wäre. Die Murmel würde weder den Teller sprengen noch das Eßzimmer mit Leuchtraketen abfackeln. Sie wäre einfach nur eine Murmel, die ihr aus dem Mund fallen würde. Oder noch nicht einmal das. Vielleicht würde nur die Hitze ihres Atems aus dem Mund strömen, als Bote ihres brennenden Magens. Und alles um sie herum in eine Wüste verwandeln. Die Entenbrust verdorren, den Wein verdunsten und

alles mit einer Sandschicht überziehen, bis nur noch das Zeichen auf ihrem Rücken zu erkennen wäre.
Doch das würde nicht passieren. Weil sie die Murmel schlucken und dem Zeichen gerecht werden würde. Das Brennen breitete sich schon nach unten hin aus. Die ersten Flammen schlugen in ihren Schoß. Es wurde Zeit. Sie bewegte die Murmel vorsichtig in ihrem Mund, so daß von außen nichts zu sehen war. Und als Stefans Frau gerade ein Gespräch mit ihrer Mutter versuchte, nahm Hannah ihr Glas Wein in die Hand und leerte es in einem Zug, mit geschlossenen Augen, den Kopf im Nacken. Als die zweite Murmel ihren Rachen passiert hatte, gehörte sie ihm.
Sie setzte das Glas ab und schaute ihm fest in die Augen. Das war alles. Kein Gong, kein zweites Feuerwerk. Es gab keine zweite Murmel. Sie hatte nur geglaubt, die Entscheidung hätte in ihrer Hand gelegen. Es war schon geschehen. Es war geschehen, bevor sie das Glas geleert hatte, bevor sie das erste Mal geschluckt hatte. Es war geschehen, bevor sie sich getroffen hatten. Es war schon immer geschehen.
Da schnellte sein Blick zu ihr hinüber, packte ihren Blick und zog ihn mit hinunter in ihren Mund und dem Brennen hinterher. Ohne Hindernisse direkt in ihren Schoß. Hannah stöhnte auf.
Klara und Marie unterbrachen schlagartig ihr schwerfälliges Gespräch. Klara schaute wütend in Stefans Richtung. Hannah starrte ihn mit weit offenem Mund und glühenden Augen an. Stefan bewegte seinen Blick keinen Millimeter von der Stelle. Klara sprang auf, riß das Fenster auf, erst den einen, dann den anderen Fensterflügel, setzte sich wieder und

schenkte Hannah den Rest aus der Wasserflasche ein. Hannah nahm es aus dem Augenwinkel wahr. Sie konnte es kaum glauben: Ihre Mutter wollte sie löschen. Mit einem Glas Wasser!
Marie sah Hannah nicht mehr, weil die Entenfleischkugel immer tiefer in ihren Magen sank und ihre Augen zuzog.

Ob Marie dann am Tisch eingeschlafen war, weiß Hannah nicht. Sie weiß nicht mehr, wie sie sich verabschiedet haben, weiß nicht mehr, was wer gesagt hat. Sie weiß nur noch, daß Stefan ihr seine Hand gegeben und »Auf Wiedersehen, Hannah« und in einer unendlich unverfrorenen Gefaßtheit: »Besuche mich doch mal in der Oper, wenn du möchtest«, gesagt hatte, bevor er gegangen ist.

Mit ihrem Körper über der Schulter.

Und jetzt liegt Hannah hier in ihrem Bett und kann nicht schlafen. Soll sie Nora noch einmal aufwecken? Nora würde sofort spüren, daß alles anders ist, daß seit heute abend alles anders ist. Nora würde mit ihr wach bleiben – bis ans Ende.
Sie ist wach, hellwach. Was schläft eigentlich? Wenn nur der Körper schläft, wird sie nie wieder schlafen. Keine Minute mehr. Sie steht auf, kramt einen Lippenstift aus einer Tasche und malt sich die Lippen rot. Ganz dick, ohne Spiegel. Dann legt sie sich wieder ins Bett. Ihr Mund pocht – zu laut, um je wieder schlafen

zu können. Der Schlaf wird ihr also keine Brücke zurück in ihr altes Leben bauen. Das ist nun vorbei. Daß es überhaupt existierte, ist kaum noch vorstellbar. Das Frühstück. Der Unfall. Das alles ist erst eine Woche her. Und daß Vater sie verlassen hatte, das war erst heute morgen. Unfaßbar.

Stefan schließt sein Atelier im Opernhaus auf, geht durch den Flur und wirft Hannahs Körper wie einen Mantel über einen Stuhl. Die Beine schleifen auf dem Boden, die Arme hängen schlaff über der Lehne, die Augen sind offen und leer. Er holt sich eine Flasche Wein und läßt sich in das Sofa im hinteren Ende des Raums fallen.

Es ist mitten in der Nacht. Stefan sitzt vor dem Fernseher, er hat das Hemd offen und greift mit seiner Hand in eine Chipstüte, dann mit derselben Hand zu einem vollen Glas Rotwein. Er schaut sich einen alten Fred-Astaire-Film an, einen, den er schon mindestens hundertmal gesehen hat, der ihn langweilt bis auf ein/zwei Stellen vielleicht, die er neu entdeckt hat heute abend. Als die Rotweinflasche leer ist, streckt er sich auf dem Sofa aus. Sein Blick fällt noch einmal kurz auf Hannahs Körper über dem Stuhl.
Er könnte jetzt ... – alles.
Sie scheint das Spiel noch nicht ganz verstanden zu haben. Um das Totstellen geht es nicht.
Er dreht den Fernseher leiser und schläft ein.

Klara schiebt Hannah den Käseteller hin. Der Käse schwitzt. Er hat Schweißperlen auf der bleichen Stirn. Es ist zu schwül, um zu frühstücken. Hannah kann überhaupt nicht verstehen, wie man bei diesem Klima frühstücken soll. Das Klima im Eßzimmer war schon seit Jahren ziemlich schwül, aber seitdem feststeht, daß Nora auszieht, brät es. Vater hat heute noch gar keinen Satz gesagt. Der Kaffee dampft aus den Tassen und spiegelt sich pechschwarz in der Eßzimmerdecke. Hannah schaut dem Kaffeedampf hinterher. Hannah will den Käse nicht essen, sie will ihm beistehen.

Klaras Stimme: »Richard? Ri-chard? Hörst du mich? Noch Kaffee?«

Richard schaut kurz auf, schüttelt den Kopf und hebt die Finger zu einer müden, abweisenden Geste.

Hannah will nur weg hier, sie will aus dem Fenster springen. Durch die Tür zu gehen würde nichts nützen. Sie würde weiter im Spiel bleiben. Sie muß aus dem Fenster springen. In den Garten. Und davonrennen. Draußen ist es kühl, draußen ist ein kühler Morgen. Nur im Eßzimmer braut sich diese Gewitterschwüle zusammen. Sie muß wenigstens die Fenster aufreißen, wenn sie schon nicht raus kann, wenn sie schon mit ihren Eltern hier festsitzt. Aber auch das kann sie nicht, weil das Gewitter dann über ihren Eltern losbrechen würde und ihre Eltern das allein nicht durchstehen würden. Sie muß bleiben. Auch wenn es von Tag zu Tag schlimmer wird. Seitdem Nora begonnen hat, ihre Sachen zu packen, wird die Luft im-

mer dicker, die Gewitterwolken hängen schwer unter der Eßzimmerdecke. Hannah weiß nicht, wie sie das alles ohne Nora aushalten soll.
Klara gießt Hannah Milch nach. Himmelblau. Die Milch ist himmelblau! Es ist nicht zu fassen. An ihrer Mutter scheint die Gewitterstimmung einfach abzuperlen. Ihre Mutter kümmert sich einfach weiter um Kaffee und Milch. Auch wenn sie diese Sätze, die sie abwechselnd an sie und ihren Vater richtet, mit einem Warnblinken in den Augen sagt, auch wenn sie das Gewitter davor warnt, loszubrechen. Ihre Mutter denkt, das sei ihr Job – Leuchtturm der Familie, Sturmwarnung des Eßzimmers.
Da entzündet Klara das Teelicht unter dem Stövchen und hält ihre Hände links und rechts über die Flamme. Hannah starrt auf die Hände – ihrer Mutter ist kalt, sie wärmt sich die Finger am Teelicht. Hannah atmet durch. Sie will, daß das Stövchen am Boden zerbricht, sie will die Tischdecke vom Tisch ziehen, sie will, daß alles herunterkracht, jede Tasse, jeder Teller und die Milch. Sie will noch nicht einmal so tun, als beherrsche sie den Trick.
Doch Klara streicht die Tischdecke glatt und rückt die Marmeladegläser zurecht – das mit der Tischdecke geht also nicht. Dann will sie der Mutter wenigstens das Frühstücksei an den Kopf schmeißen. Das Ei, das vor ihr steht und nicht gegessen, sondern geworfen werden will. Hannah versucht, ihren Arm Richtung Ei zu bewegen, aber es passiert nichts. Sie kann es einfach nicht. Und es würde auch nichts nützen. Das Ei würde nur sauber gebraten von ihrer Mutter abrutschen, und sie müßte es selbst essen. Es ist immer so.

Ihre Mutter ist aus Teflon. Alles rutscht von ihr ab. Einfach alles. Auch das Leben. Sie läßt auch das Leben so lange braten, bis es durch ist. Und dann läßt sie es abrutschen. Wie Vaters morgendliche Spiegeleier. Sunny side up. Sunny side down.

Plötzlich fällt Hannahs Löffel in die Müslischale. Mit einem klirrenden Geräusch. Die Luft über dem Eßtisch stiebt auseinander und bildet Wellen um den Einschlag. Es schwappt in den Tassen. Klara dreht ruckartig den Kopf, reißt den Mund auf, schnappt nach dem Geräusch und schluckt es hinunter: »Hannah?«

»Nichts ist, nichts.« Hannah weiß auch nicht. Sie schaut an die Eßzimmerdecke. Dort oben, rund um den Lüster, braut es sich zusammen. Es wird gewittern, sie muß nur noch ein wenig aushalten, dann wird alles herunterregnen, und danach wird es besser. Das Geräusch von Hannahs klirrendem Löffel ist inzwischen in Klaras Magen angekommen. Und mit dem Eintritt in ihren Magen hat sich das Klirren in Munition verwandelt. Nichts? Von wegen. Sie wendet den Kopf Richard zu und schießt eine Blickpatrone ab. Kein Wunder, daß Hannah so nervös ist. Er schweigt, es kümmert ihn nicht. Nichts kümmert ihn. Es ist eine Zumutung. Richard zuckt ganz leicht, fast unmerklich zusammen. Gut. »Hier ist deine Orangenmarmelade, Richard.«

Richard wartet, bis Klaras Hand wieder neben ihrem Teller ruht, dann greift er zum Käseteller. Er wird sich heute keine Orangenmarmelade aufs Brot schmieren. Sie muß nur immer im Haus sein, auch wenn er sie über Monate nicht anrührt, auch wenn er über Monate nur Käse frühstückt.

Klara nimmt zwei Toastscheiben, steckt sie in den Toaster und drückt den Schalter hinunter. Mit den Toasts senken sich die Gewitterwolken ab. Es dauert nicht lange, eine Minute vielleicht, dann rollen die Schinkenscheiben ihre Seiten auf, das Teelicht flackert und die Toasts gehen in Deckung. Klara schaut nach oben, schaltet ihre Sturmwarnung von Vorwarnung auf Warnung und schwenkt dann – dem Intervall folgend – wieder hinüber zu Richard, blendend rot blinkend: »Toast, Richard, Toast?«
Der Toaster glüht, Richard reagiert nicht, die Wolken bewegen sich aufeinander zu. Da springt der Schalter hoch, Klara nimmt den verkohlten Toast und legt Hannah eine Scheibe neben die Müslischale. Hannah soll den Toast in die Milch tauchen.
Jetzt ist auch noch das Himmelblau dran, denkt Hannah und seufzt. Es ist nicht auszuhalten. Wie schwül muß es noch werden? Die Sturmwarnung scheint das Gewitter wirklich zu beeindrucken. Anders kann Hannah sich das nicht erklären. Sie will weg hier. Sie will mit Nora zusammenziehen. Sie hat nur noch ein Schuljahr, sie kann schon für sich selbst sorgen.
Klara schneidet sich ein Stück Butter ab. Ein viel zu großes Stück. Es wird am Tellerrand liegenbleiben wie ein fettleibiger Badegast, der am Strand ausharrt, während das Unwetter losbricht. Der Toaster ist ans Stromnetz geschaltet. Klara wird verhindern, daß der Frühstückstisch vor ihren Augen Selbstmord begeht, daß sich hier jemand aus dem Staub macht. Sie nimmt das Toastbrot aus dem Korb, schiebt es zurück in sein Papier, wickelt es ein und legt es behutsam wieder ins Körbchen.

Ihre Mutter versucht doch tatsächlich, dem Frühstückstisch das Leben zu retten. Dem Frühstückstisch! Nicht ihr! Hannah hält es nicht mehr aus. Irgendwann muß sie etwas unternehmen. Sie muß ... jetzt das Gewitter lostreten, egal wie, egal was passiert. Hannah steht auf. Ganz plötzlich. Ganz ohne Vorwarnung. Ihr Stuhl fällt nach hinten um. Wenn es jetzt nicht losbricht, dann ist es keins. Klara und Richard starren sie an. Es ist keins, es ist gewarnt. Es hat sich von der Sturmwarnung hypnotisieren lassen. Also muß sie es tun. Also – muß – sie – jetzt – gehen! Sie muß jetzt hier raus! Sie kann sich jetzt nicht einfach wieder hinsetzen. Sonst stirbt das Leben, während sie noch dabei ist. Jetzt hat sie einen Kurzschluß, nicht der Toaster. Das hätten ihre Eltern mit einberechnen müssen, haben sie aber nicht. Sie dachten wohl, das Himmelblau lege sich auf ihre Nervenbahnen, hat es aber nicht. Hat – es – nicht!

Und obwohl sie weiß, daß der Weg durch die Tür nichts bringt, obwohl sie auch nur Salz aus der Küche holen oder die Milch umkippen könnte, rennt Hannah aus dem Eßzimmer, rennt durch den Flur, rennt aus der Haustür, den Garten entlang auf die Straße. Und obwohl sie auch einfach an der Ecke auf dem Gehweg hätte stehenbleiben oder sich hinsetzen und lachen oder weinen können, schaut sie sich den Fahrer des blauen Wagens ganz bewußt nicht an, als sie ihn auf sich zufahren hört, beschleunigt noch einmal und macht dann eine abrupte Wendung auf die Straße – es blitzt, quietscht, es reißt. Endlich.
Lieber tot als Teflon.

Das Piepsen ist zu laut, viel zu laut. Jeder Pieps ist ein Nadelstich in die Schläfen. Nerven-Nähmaschine. Soll das Gepiepse Hannahs Stirn nähen? Dann wäre sie jetzt schon hundertfach vernäht. Dann hätte sie schon eine Fadenmütze auf dem Kopf. Eine, die man nicht mehr abnehmen kann.
Auf dem Bildschirm zieht die piepsende Nähmaschine den Faden hinter sich her, so als müßte er sich aufbäumen oder entspannen. Beides ist vorgegeben. Und beides ist eine Lüge. Die Maschine läßt den Faden nur los, um dann wieder zuzustechen mit diesem gelben, lauten Punkt.
Das Perfideste ist, daß diese Maschine Hannahs Gehirndruck abbilden soll. Abbilden! Einen Spliß soll sie haben an der Schädelbasis. Der Spliß der Basis. Das ist unerträglich, so etwas Feinnerviges gegen einen Knochen. Spliß klingt nach Gerinsel, und das war sowieso schon immer ihre Horrorvorstellung, daß Blut sich verdickt. Hannah hatte keine Blutungen! Sie hatte nur ein blutunterlaufenes Auge, nur eines, nicht zwei! Und überhaupt: Wieso ist diese ganze Station hier aus Glas? Was soll das? Sie will mit ihrer Schwester allein sein.
»Nora ...«
»Ja?«
»Dieses Gepiepse ... mein Kopf.«
Sie wußte es. Sie wollen, daß Hannah die Nerven verliert. Damit der Faden dieser gräßlichen Maschine sich so weit aufbäumt, daß der nächste Stich schon

nichts mehr mit Hannah zu tun hat. Nur um dann noch lauter zuzustoßen. Es reicht jetzt.
Nora springt auf und ruft einer Krankenschwester zu, sie solle die Maschine sofort abstellen, ihre Schwester habe Schmerzen, unerträgliche Schmerzen. Die Krankenschwester kommt hinter Nora an Hannahs Bett und dreht an einem Knopf. Leiser ginge es nicht, Hannah müsse noch überwacht werden.
»Nora?«
»Ja.«
»Ich ...«
»Laß es! Man kann uns nicht trennen. Ich wäre dir hinterhergekommen.«
»Ich wollte mich nicht ...«
Nora starrt auf die Berg- und Talfahrt der Maschine.
»Was soll das, Hannah?«
Die gelbe Spur geht hoch und runter. Die Nadelstiche sind jetzt gedämpft, so fühlt es sich in Hannahs Kopf an. Es gibt nur diese Ausschläge oder den gelben Strich. Wäßriger Schnupfen, hat der Arzt gesagt. Dann gibt es keine Pausen mehr zwischen den Piepsern. Entweder – oder.
Da schaut Nora Hannah in die Augen und sagt: »Ja, es war ein Unfall.«
Hannah kippt den Kopf zur Seite.
»Danke.«
Nora steht auf, geht zu der Maschine und dreht den Knopf mit einem Ruck bis zum Anschlag.

Der Gang in sein Reich war ein Triumphzug. Hannah hat jeden einzelnen Schritt genossen. Jeder Schritt hat ihr Kraft in die Beine gepumpt und sie aufgerichtet. Noch nie war sie sich ihres Willens so bewußt gewesen. Sie wollte zu ihm, war nur noch dieser Wille. Doch jetzt ist sie bei ihm, sitzt auf diesem Stuhl in seinem Atelier und kann nicht mehr aufstehen, nicht mehr weiter, kann ihm nicht mehr näher kommen. Keinen einzigen Meter. Schritte auf ihn zu würden ihre Nähe verraten.

Es ist nachts. In einem Opernhaus ist immer Nacht, aber jetzt ist es doppelt nachts, weil es so still ist. Es ist niemand im Haus. Außer ihm. Er kommt auf sie zu. Er kniet sich vor sie hin und zieht ihr die Schuhe aus, langsam, mit Blick auf ihren Mund. Dieser Blick! Er schießt durch ihre Luftröhre, packt im Flug ihren Atem, nimmt ihn mit in ihren Magen und verbrennt in ihrem Schoß. Eine Ewigkeit später versucht Hannah ihren Atem wieder zu holen. Nur ein Stückchen, damit sie ...

Aber er hat ihn fest im Griff. Kaum Spiel. Ringen bringt nichts. Sie läßt los, und er läßt sie ein paar schnelle, flache Luftzüge machen. Beim Atemholen fällt ihr auf: Eigentlich schaut er gar nicht *auf* ihren Mund, sondern *neben* ihren Mund, etwas links daneben. Mit einem Mal lockert sich der Griff um ihren Atem, und sie nimmt einen tiefen Zug. Dann dreht sie ihr Gesicht so weit, daß er zurück auf ihren Mund finden kann. Aber es passiert nicht, sein Blick bleibt

neben ihrem Mund ruhen, an dieser nichtssagenden Stelle.
Da greift Stefan an ihren Knöchel, und der Griff läßt ihren ganzen Körper sich blitzschnell dort zusammenziehen. Ihre Beine werden blutleer, und ihre Arme liegen bleich und ausgelaugt in ihrem Schoß. Er hat ihren Willen gegriffen. Ihr ganzer Wille ist im Knöchel. Ihr wird schwindelig, ihr Knöchel pulsiert, der Rest zittert noch kurz und hängt dann verlassen auf dem Stuhl. Stefan sieht das Zittern und lächelt eine Reaktion auf die Stelle neben ihren Lippen, dieses Niemandsland in ihrem Gesicht. Hannahs linker Mundwinkel fängt an zu zittern. Mit jedem Wimpernschlag von Stefans Augen zittert ihr linker Mundwinkel.
Hannah starrt auf ihren Schuh. Er ist blau und drekkig, mit einem kleinen Absatz und mehreren Schrammen, kein Damenschuh, ein Mädchenschuh. Ihre Schuhe sind ihr peinlich, sie hätte andere angezogen, aber sie hatte ja nicht damit gerechnet. Nach einer Weile setzt Stefan den Schuh wieder auf den Boden und greift schnell und unerwartet unter ihren Rock, zu ihrer Taille und zieht ihre Strumpfhose unter dem Rock nach unten. Er zieht sie aus, wie man einem kleinen Mädchen die Strumpfhosen herunterzieht, wenn es mal muß auf dem Spaziergang. Ihre Unterhose sitzt jetzt schief, an der einen Seite ist sie mit über die Hüfte gerutscht. Zum Glück hat sie wenigstens eine schöne Unterhose an.
Er schaut konzentriert auf ihre weißen Beine und den geröteten Knöchel, so als gehörten ihr die Beine gar nicht, so als seien ihre Beine sein Forschungsobjekt. Und als er genug geforscht hat, steht er auf, stützt die

Hände auf die Stuhllehnen links und rechts und leckt ihr über die Lippen von unten nach oben – wie eine Belohnung.

Das war's.

Er dreht sich um, geht in den hinteren Teil des Ateliers und verschwindet. Es ist nicht weit von dem Stuhl, auf dem Hannah sitzt, bis in den hinteren Teil des Ateliers, und trotzdem ist er mit seinem Gang dorthin verschwunden, mit ihrem Willen unerreichbar weit weg. Sie könnte jetzt nie zu ihm gehen. Sein Verschwinden in Sichtweite hat ihr jeden Millimeter Bewegungsmöglichkeit genommen. Jede Sekunde, die er so ungreifbar nahe verschwunden ist, legt eine weitere Gipsbinde um ihren Körper. Sie verharrt eine Weile in dieser Situation und läßt den Gips untätig trocknen.

Doch kurz bevor der Gips so starr ist, daß sie endgültig an den Stuhl gefesselt wäre, kommt plötzlich irgend etwas zu ihr zurück. Es fühlt sich an wie Müdigkeit. Ihre Muskeln spannen sich an, und ihre Sehnen dehnen sich, bis sie Luft zwischen sich und Stefans verschwundener Anwesenheit bekommt. Ihr Körper räkelt sich so lange in dem Abstand, bis Stefans Konturen am Ende des Raumes verblassen und sie aus ihrem Gipsbett verschwinden kann.

Sie starrt auf zwei stocksteife Blöcke. Was ist das? Sind das ihre Füße, die da aus der Bettdecke herausragen? Sie dreht den Kopf. Neben ihrem Bett stehen blaue Schuhe. Sie streicht sich mit der Hand über ein Bein. Sie liegt im Bett. Im Haus ihrer Eltern. Sie ist immer noch wach. Sie atmet einmal tief und laut ein.

Kein Stefan, kein Atelier, nur ihr Knöchel. Keinen Tag länger. Keinen Tag. Vater ist verschwunden, er ist nicht zurückgekommen heute nacht. Irgend etwas muß mit ihm passiert sein. Daß er einfach so gehen konnte, das hätte sie nie gedacht. Aber es ist gut so. Jeder Tag, der nicht ans Teflon verlorengeht, ist gut. Jetzt hat sie ja Stefan. Und Stefan ist anders als ihre Familie. Er ist anders als alles, was sie kennt. Er ist wie sie.

Sie muß mit Nora sprechen.

Richard ißt keine Eier mehr. Jeden Morgen hat er zwei gegessen, jetzt ißt er keines mehr, nicht einmal hartgekocht. Von einem Tag auf den anderen. Er lächelt jetzt, fragt nach Zucker und spricht. Mit Hannah. Eigentlich nicht mit Hannah, sondern zu ihr: »Wie geht's eigentlich dem Kopf? Siehst schon wieder viel besser aus.«

Hannah hebt die Zuckerdose hoch. Das Silber ist eiskalt. Ihre Fingerkuppen sind taub. Der Zucker riecht nicht.

Daß Richard so etwas sagt, ist revolutionär. Sonst fragt er nur nach, wenn Freunde mit am Tisch sitzen, Freunde oder Fremde. Dann wirken seine Fragen interessiert. Seine Familie kennt ihn ja schließlich, und Klara läßt keine Frage unbeschadet die Tischdecke passieren. Jetzt aber läßt er seine Worte erhobenen Hauptes über den Tisch marschieren, er läßt sie Klara zuwinken und signalfarbene Trikots anhaben. Er tut so, als seien auf dem Eßtisch keine klaren Grenzen eingezeichnet, als würde er Klaras Munitionslager nicht kennen oder noch eher: als hätte er es über Nacht leer räumen lassen.

Hannah setzt die Zuckerdose vor Richard wieder auf das Tischtuch. Der Frühstückstisch ist ein Minenfeld, einen Zentimeter weiter links, und der Zucker flöge in die Luft. Dann hätte Hannah ihre Hand verloren.

Doch Richard zieht die Zuckerdose nicht nur über das Tischtuch ganz zu sich heran, er macht auch noch eine Runde um die Butter.
Klara hat sich zurückgelehnt und beobachtet Richards selbstmörderische Aktion mit den Händen an den Ohren. Aber: nichts. Es explodiert nichts. Als der Zucker wieder still steht, schluckt sie. Sie muß etwas verpaßt haben. Richard faltet seine Finger vor dem Gesicht, macht eine Hängematte aus seinen gefalteten Händen, legt sein Kinn darauf und fragt: »Hast du denn jetzt viel verpaßt in der Schule?«
Klara lehnt sich nach vorne. Das geht zu weit. »Ich glaub' nicht, daß das ein Problem ist, Richard. Hauptsache, sie ist wieder auf den Beinen.«

Hannah hält sich einen Toast an die Nase – nichts. Sie riecht ihn nicht. Ohne Geruch könnte Toast auch salzig sein oder zum Zungeabschleifen. Dann würde man Toast im Baumarkt kaufen.

Richard spricht schon wieder und rührt dabei sanft, ohne mit dem Löffel an den Tassenrand zu stoßen, seinen Kaffee um: »Ich habe von einer tollen Theaterinszenierung gehört, sollen wir da mal hingehen, Hannah? Du und ich?«
Das hat Klara nicht gehört. Das war zu grotesk. Zuerst will er Zucker, und dann will er mit seiner Tochter ins Theater. À deux. Das ist widerlich. Er soll Hannah in Ruhe lassen. Wenn er so weitermacht, wird es Zeit für seinen Ausstieg. Es ist sowieso nicht schade um ihn. Er ist schon seit Jahren nur noch der Statist. Nicht mehr als ein verschwommener Umriß.

Als solcher sollte er jetzt eine Fliege machen. Sonst kann er was erleben.

Hannah hat den Toast wieder auf ihren Teller gesetzt. Theater? Mit ihrem Vater? Warum rührt er so in seinem Kaffee? Er ist nicht ein einziges Mal an den Tassenrand gestoßen. Sie will wenigstens das Rühren hören, sonst verliert sie die Orientierung.

Da füllt sich langsam Richards Umriß, und er fährt mit dem Buttermesser in die Orangenmarmelade. Durch Klaras Zielfernrohr zeigen sich messerscharf die Details: die Toastkrümel und die Butterschlieren, die er im Marmeladeglas verrührt. Klaras Finger krümmt sich um den Abzug. Sie zielt und feuert einen Blick ab.

Hannah rollt die Augen nach oben. Irgend etwas hallt dumpf in ihrem Schädel wider. Der erste Salto. Sie ist nicht bewußtlos. Sie greift zur Milch. Der zweite Salto. Das bißchen Geruch, den Milch normalerweise hat, macht sie trinkbar. Ohne Geruch ist sie zu dickflüssig. Hatte sie Milch im Tropf? Sie schluckt. Es würgt sie.

Der Blick ging daneben! Richard zuckt nicht, blinzelt nicht, er lächelt. Er lächelt und fragt, mitten in den Schuß hinein: »Wohin fährst du eigentlich auf Klassenfahrt?«

Hannah setzt die Milch ab und versucht ihren Vater anzuschauen, aber sie erkennt ihn kaum. Es knackt in ihren Ohren. Ist sie unter Wasser? Rom.

Rom? Klara steht ruckartig auf, von oben nach unten schießt es sich besser. Sie fährt jetzt größeres Geschütz auf. Das ›Rom‹ gehört Richard nicht. Es hat ihn noch nie interessiert, und jetzt leiert er Hannah auch noch die Klassenfahrt heraus. Sie feuert noch einmal: »Richard? Willst du Speck zu den Eiern?«

– – – Nichts.

Richard rührt sich nicht. Er lächelt, weder milde noch spöttisch, er lächelt einfach. Er scheint Klaras Munition dem Nichts ausgeliefert zu haben. Sie versenkt nichts mehr. Kein einziges Schiff. Seine Schiffe sind verschwunden. Er scheint sie abgezogen zu haben. Das Spielfeld ist geräumt. Über seinem leeren Gesichtsfeld schwebt nur noch das Lächeln. Dieses Lächeln ist das einzige, was von ihm übriggeblieben ist – wie bei der Katze von Alice im Wunderland.

Hannah spürt ihre Beine kaum noch. Sie ist unter Wasser. Deswegen riecht sie nichts mehr, deswegen ist alles so dumpf. Das Eßzimmer steht unter Wasser.

Klara wankt. Daß sie ihre Ladung in die Luft verschossen hat, schlägt dumpf in ihre Magengrube ein. Richards Worte stehen vollkommen unbeeindruckt und triumphierend im Raum. Die Munition scheint seine Worte nicht zu interessieren, sie durchsiebt sie nicht, sie geht einfach hindurch. Seine Worte sind immun. Fassungslos atmet Klara den Munitionsstaub in ihre Lunge, Zug um Zug. Es wird schon enger im Brustraum. Richard bleibt sitzen, lächelt den Angriff in die Luft und sagt: »Du bist eben ein starkes Mädchen, stark und tapfer.«

Der Satz macht einen Salto in Hannahs Kopf. Das ist zuviel. Ein Salto ohne Schwerkraft. Sie weiß nicht mehr, wo oben und unten ist. Sie versucht einen Punkt zu fixieren. Noras Stuhl. Nora? Wo bist du?

Richard lächelt weiter über Hannahs Kopf hinweg, so lange, bis der ganze Raum hauchdünn gesegnet ist von diesem Lächeln. Dann steht er auf und verläßt den Frühstückstisch.
Klara starrt ihn ungläubig an. Atmet nicht.
Richard legt weiter Strecke zurück. Sein Stuhl steht am hinteren Ende des Eßzimmers, Klara sitzt rechts von ihm an der Seite, Hannah ihm gegenüber, links von ihm ist Noras Platz, dort geht er entlang. Er setzt einen Fuß vor den anderen auf den roten Teppich. Festen Schrittes, ohne mit der Hand an der Stuhllehne entlangzustreichen. Er braucht kein Geländer, noch nicht einmal das. Er taumelt auf Hannah zu. Obwohl: Nicht er taumelt, sie taumelt. Hannah ist schwindelig. Er wird ihr jetzt übers Haar streichen. Dann wüßte sie, wo oben ist. Dann müßte sie kotzen, aber dann wäre es raus, und sie könnte seine Worte herunterspülen. Mit Tee, schwarzem Tee. Ohne Milch und Zucker.
Richard schließt das Oval des Eßtisches und bleibt neben Hannah stehen. Er legt ihr die Hand auf die Schulter. Seine Hand ist weder kalt noch warm, sie ist nur Geste. Aber sie kommt von oben. Hannah weiß jetzt wieder, wo oben ist, aber sie kann nicht kotzen. Richard geht Richtung Tür.

Als er seinen rechten Fuß vom Teppich unter dem Eßtisch auf das Parkett des Flurs setzt, zieht es Klara den Boden unter den Füßen weg. Der Teppich hängt an Richards Beinen. Er kann sie so nicht einfach sitzenlassen. Nicht er. Nicht er. Nicht. Sie wiederholt sich, sie eiert. Klara schüttelt sich, ringt nach Haltung: Sie eiert nicht! Sie hat sich im Griff! Sie muß nur etwas gegen den Schwindel unternehmen.

Da gibt es einen Ruck. NEIN! Nei....n! Irgend etwas muß passieren, sonst wird sie ohnmächtig. Ihr Blick sucht den Frühstückstisch ab, irgendwo muß sie sich festhalten. Da: das Nutellaglas. Sie schraubt das neu gekaufte Glas auf, um sich Luft zu machen. Als der verklebte Deckel knackt, kann sie noch einmal durchladen. Na, warte, jetzt kriegst du es von hinten: »Du gehst? Ganz ohne Frühstück?«

Sie blinzelt ihm kurz hinterher – getroffen? – nichts! – zu leise wahrscheinlich. Der Schuß bleibt zwischen ihr und seinem Rücken hängen und sinkt kraftlos zu Boden. Schnell noch einmal! Gleich hat sein Rücken das Zimmer verlassen, also schriller in den Schritt gesprochen: »Und die Spiegeleier? Was ist mit den Spiegeleiern?«

Richard geht einfach weiter. Das Lächeln der Katze aus dem Wunderland grinst. Dann verdünnt es sich, bis es verschwunden ist und nur noch der verlassene Platz seinen Raum einnimmt. Richard ist gegangen. Er hat das Eßzimmer verlassen.

Sein Stuhl steht fassungslos leer an seinem Platz.

Klara strauchelt, verliert das Gleichgewicht, kippt.

Hannahs Milch verliert ihre Farbe. Sie ist jetzt kalkweiß. Da fällt Hannah hinein, mitten ins kalte Weiß. Und hängt im halbvollen Becher. Ein weißes Meer. Sie versucht, sich oben zu halten. In Milch schwimmt es sich schwer. Sie braucht etwas, an dem sie sich festhalten kann. Sie nimmt ihre ganze Kraft zusammen, reckt sich und schielt über den Becherrand. Doch es ist nur Metall auf dem Frühstückstisch. Sie sieht Messer, Salzstreuer, Pfeffermühle, Messer. Metall schwimmt nicht in Milch. An Metall kann man sich nicht festhalten. Alles andere ist im Moment nicht zu sehen. Ihr Blick flieht über den Frühstückstisch, bis sie endlich den angebissenen Toast auf Vaters Teller entdeckt. Der kann schwimmen. Gott sei Dank, Brot, Gott sei Dank, ausruhen.
Sie hält den Toast umklammert, legt ihren Kopf darauf und atmet. Durch die Nase. Nach einer Weile wird das Meer zum See, und sie schafft es ans Ufer und zurück auf den Stuhl.
Jetzt sitzt sie tropfnaß auf ihrem Stuhl und hält sich an Vaters Zahnabdruck im Toast fest – wie an einem letzten Gespräch. Was für einen riesigen Biß er getan hat, denkt sie, als sie die halbrunde Kette seiner sechs Zähne in der Orangenmarmelade entdeckt. Sie fährt sich mit der Zunge über ihre eigenen Zahnreihen, spitz sind sie, spitz und glatt. Wie sich wohl die ihres Vaters anfühlen? Sie weiß eigentlich gar nicht, wie seine Zähne aussehen. Hat er überhaupt noch Zähne? Ja, hat er, sie sieht es genau: Er hat Zähne, und was für welche – er hat ihr Negativ hier zurückgelas-

sen. Bei ihr. Für sie. Es ist ihr Erbe. Sie weiß nicht, ob sie jetzt gerührt sein soll. Sie fährt mit den Fingern den gebissenen Rand entlang. Der geerbte Biß ist ihr zu intim, viel zu intim. Aber er spricht zu ihr, ob sie will oder nicht. Und sie wird ihm jetzt ein letztes Mal zuhören.
Mitten in den Abschied hinein fällt die Haustür ins Schloß, und Hannah wird mit einem Schlag der Toast aus den Händen gerissen:

Das war ihr Vater.

Sie denkt diesen Satz ganz langsam, er baut sich Wort für Wort in ihr auf und verbindet sich mit dem Geräusch der Haustür. Es kommt von weit her, es braucht ein wenig, bis es sie erreicht. Dann beschleunigt es sich auf einmal und schlägt ihr hart auf den Hinterkopf. Ihr wird schwarz vor Augen. Doch ihr Blick fliegt vom Schlag getroffen nach vorne und landet wieder im Toast. Das war eine weiche Landung, wie in einem Kissen. Das Kissen riecht nach Toast. Schlafen. Sie will jetzt schlafen. Nur noch schlafen. Hannah krümmt ihren Körper in sein gebissenes Halbrund und macht so den Toast wieder ganz. Positiv und Negativ – halb Toast, halb Tochter. Ganz kurz wird es vollmondruhig, und Hannah schläft ein.

Als die Tür ins Schloß fiel, ist der Milchkrug umgekippt, hat sich über den ganzen Frühstückstisch ergossen und Klara k.o. geschlagen. Das Geräusch war laut und verzerrt, das Zuschlagen eines massiven Deckels.

Jetzt liegt Klara mit offenen Augen in der weißen Lache auf dem Boden – der nicht mehr da ist, den Richard mitgenommen hat – und starrt in das Geräusch hinein. Es stürmt, ganz ohne Warnung. Der Leuchtturm ist umgekippt. Die Wellen schlagen die Tischbeine hoch. Messer, Salzstreuer und Pfeffermühle saufen ab. Klara treibt auf dem offenen Meer. Teflon-Titanic ohne Untergangsmöglichkeit. Sie schwimmt oben, luftdicht abgeschlossen. Die Sturmwellen schleudern sie hin und her. Mit jeder Welle schlägt es sie gegen die Wände, hart und wieder und wieder. Ihr Körper ist dem Sturm ganz und gar ausgeliefert. Aber sie spürt keine Schmerzen. Sie kennt sie nicht, ist ihnen in ihrem Leben nie begegnet. Das Teflon durchzieht auch ihre Nervenbahnen. Schmerzen werden nicht weitergeleitet. Sie ist nur noch Körper ohne Schmerz, ruft nicht um Hilfe. Wenn ihre Wände jetzt brechen, kann sie gerettet werden. Und ins Leben geschmissen.

Da wacht Hannah auf, streckt sich ins Toastbett und schaut über den Tellerrand des Vaters: Mutter! Auf dem Boden!

Ist sie – tot?

Hannah kneift die Augen zusammen, und: Die Mutter atmet. Das ist das einzige, was sie sehen kann, mehr nicht, mehr zeigt sich nicht auf der Wasseroberfläche. Dann erkennt sie die Seenot in ihren Augen. Panisch stürzt Hannah sich vom Tellerrand ins stürmische Meer und kämpft sich schwimmend zur

Mutter vor. Verzögerte, verklebte Bewegungen, weil Sekundenbruchteile schon eine Last tragen. Als Hannah den Teflonsarg der Mutter endlich erreicht, reißt sie den Deckel auf und zerrt die Mutter ins Wasser. Nachdem der Kopf der Mutter kurz in den Wellen verschwunden ist, zieht sie ihn hoch, hält ihn über Wasser und schwimmt mit der Mutter an Land. Am Ufer schlägt sie ihr mehrmals ins Gesicht, links rechts, links rechts: Aufwachen! Sie bläst ihr in die Nase. Die Mutter rührt sich nicht. Sie pumpt mit überkreuzten Händen auf ihrem Brustkorb. Dann bläst sie ihr wieder in die Nase. Sie denkt nichts, sie bläst nur und pumpt.

Da hustet die Mutter. Leise und heiser, aber sie hustet. Hannah beißt sich auf die Lippen, schaut die Mutter wie ein Neugeborenes an und hebt ihren Oberkörper hoch, drückt ihn an sich. Wärmen. Halten. Zurückholen. Die Mutter röchelt, atmet wie durch einen Strohhalm, aber sie atmet.

Als Hannah Klaras Oberkörper nach oben aufrichtet, klappen die Augen der Mutter zu wie bei einer Puppe. Klick klack. Nach einer Weile wird ihr Atem ruhiger. Die Mutter lebt. Hannah hält und heult. Vor Erleichterung. Stunden. Ihr Kopf wird ganz leicht. Sie schwebt. Es knackt in den Ohren. Druckausgleich. Ruhe im Sturm.

Ruhe.

Die Grapefruits schippern vor sich hin, die Wellen spielen um die Messer herum, die Pfeffermühle ragt aus dem Wasser. Hannah schwebt und hält die Mutter im Arm. Die Mutter ist leicht, so leicht, zu leicht. Aber sie atmet. Atmen, nichts anderes, nur atmen.

Es ist noch nicht überstanden, noch lange nicht überstanden, da ist eine Klinke zu hören. Ganz langsam, aber deutlich durch den abziehenden Sturm hindurch. Das Geräusch läßt Hannahs Atem stocken. Es ist Nora. Hannah sehnt sich immer nach Nora, immer – nur nicht jetzt. Nicht jetzt, wo die Mutter und sie gemeinsam atmen.

Klaras Augen klappen auf, sie schaut unverwandt um sich, dann sieht sie ihre Tochter über sich gebeugt und ihr Blick zerfließt, bis ihre Augen randvoll gefüllt sind mit Meerwasser: Danke, Hannah, danke. Ich weiß, was du durchmachst, glaube mir, ich weiß es.

Als das Geräusch der Klinke sich ganz aufgebaut hat, hört der abziehende Sturm abrupt auf. Und mit einem Mal ist alles wieder an seinem alten Platz – die Messer, die Pfeffermühle, ja sogar die Grapefruits. Keine Lache mehr in den Untertassen, keine Lache mehr unter dem Frühstückstisch, nur Hannah sitzt da noch. Und Klara.

Klaras Atem wird flach, sie regt sich, befreit sich aus Hannahs Armen, ohne sie noch einmal anzusehen, richtet sich auf und setzt sich an ihren alten Platz. Noch etwas zittrig, streicht sie ihren Rock glatt. Die Haare sind zerzaust. Die Sturmwarnung, die sie vor diesem Sturm nicht gewarnt hat, die diesen Sturm nicht vorhergesehen hat, die sich das ganze Frühstück über nicht einmal bemerkbar gemacht hat, zeigt sich wieder, sitzt schief, aber einsatzfähig auf ihrer Stirn. Klara kann sie gerade noch zurechtrutschen, da geht die rote Lampe auch schon an. Teflon is back.

Hannah bleibt am Boden. Sie starrt auf die Schuhe der Mutter – sie sind schnittig, blau und poliert, wie kleine Haifische. Starren ist das einzige, was geht. Hannah starrt auf die Beine ihrer Mutter, marinefarbene Strumpfhosen, aber nicht meerblau, überhaupt nicht meerblau. Hannah würde jetzt weinen, wenn es ginge, es geht aber nicht – die Haifische lauern.

Nach der Klinke zieht eine Tür über den Teppich, und die Tür zieht Nora hinter sich her. Dann sind Schuhe zu hören, und die Schuhe tragen Nora den Flur entlang Richtung Eßzimmer. Und mit jedem Schritt senkt sich die Decke ein Stückchen weiter über dem Frühstückstisch ab. Die Grapefruithälften ziehen sich zusammen. Hannah starrt immer noch auf die Haifische, die langsam wieder zu Schuhen werden.
Als die Schritte näher kommen, wird die Mutter hektisch. Sie zupft an sich herum und schaut Hannah, die auf dem Boden sitzt, dabei flehend an. Dann flüstert sie Hannah zu, daß sie sich nichts anmerken lassen solle. Sie kenne doch ihre Schwester. Klaras Stimme schwirrt. Hannah reagiert nicht, sie ist ganz auf die Haifische fixiert, die nun schon zur Hälfte einen Schuhkörper haben.
Klara schiebt den Brotkorb, die Butter und den Honig zu Noras Platz am Frühstückstisch hinüber. Dann dreht sie sich wieder Hannah zu. Sie solle endlich aufstehen. Nora müsse sie nun wirklich nicht so sehen.

Hannah bleibt am Boden, ihr Körper steht auf, und als sie sich gerade aufgerichtet hat, steht Nora am Tisch. Hannah senkt den Kopf, ihre Augen werfen blitzschnell Anker in den Teppich. Noras Blick würde jetzt alles noch schlimmer machen.

Als ob Nora ihren Blick benötigte, um zu sehen, was los ist. Die Mutter hat die Sturmwarnung noch um den Kopf geschnallt. Sie blinkt in Intervallen. Weit und breit keine Wolke. Als Nora ihre Mutter fragend anschaut, knipst sie die Sturmwarnung hektisch hinter ihrem Rücken auf Pause und präsentiert ihr Ausflugswetter. Sie räuspert sich und fragt, ob sie gut geschlafen habe.
Hannah duckt ihre Lider vor dem »Ja gut« weiter in den Teppich.
»Ja gut«, sagt Nora, so wie man seinen Personalausweis zeigt.
Die Mutter reißt das »Ja gut« an sich und stapelt gleich noch ein paar Wörter darauf: »Hier sind Toast und Butter. Möchtest du Honig? Oder Spiegeleier?«
Bei dem Wort »Spiegeleier« zuckt die Mutter kurz zusammen, es hat sich in ihren Stapel eingeschlichen. Es hat hier nichts verloren. Die Spiegeleier reißen dem Frühstückstisch kurz die Maske vom Gesicht und lassen den Vater durchblitzen. Auch Hannah läßt für eine Schrecksekunde ihre Blickanker im Teppich los. Klara und Hannahs Blicke treffen sich. Klara steht ruckartig auf und geht in die Küche. Sie holt jetzt einfach mal die Eier, die ohnehin noch auf dem Herd stehen. Nora wird sie schon essen, sie sieht so mager aus. Klara läßt die Spiegeleier auf einen Teller rut-

schen. Sie sind schon ziemlich fest, aber nicht angebrannt, das nicht.

Nora setzt sich auf ihren Platz, zieht ein Knie an ihr Kinn, läßt sich die Spiegeleier von ihrer Mutter noch auf den Stapel laden und schaut Hannah an. Hannah läßt ihre Anker sausen und setzt sich zu ihrer Schwester an den Tisch. Sie weiß, daß Nora keine Eier mag, sich vor Eiern ekelt, sich immer viel zuviel unter Eiern vorstellt. Also nimmt sie die Eier von Nora wort- und tonlos und schluckt sie hinunter. Ganz schnell. Damit sie nicht mehr im Raum stehen, damit Nora sich nichts unter ihnen vorstellen muß.

Die Mutter rückt Zuckerdose, Salzstreuer und Pfeffermühle mit kurzen Bewegungen zurecht und fragt dann, ob sie heute abend da wären. Alte Freunde, die Brauns, kämen. Sie sei eine Schulfreundin, die sie Jahre nicht gesehen habe, und er ein Choreograph an der Oper.

Nora setzt ihr Bein wieder ab, schaut auf den Boden und antwortet nicht.

Hannah hält es nicht aus und lädt sich die letzten Sätze auf ihren eigenen Stapel: »Ich bin da.« Dann streckt sie sich zwischen die abgehängte Decke und den Frühstückstisch, macht eine ausholende Armbewegung, schöpft die drückende Luft ab und schluckt sie hinunter. Sie kann das schon verdauen. Besser Gewitter im Bauch, als Gewitter in der Luft.

Nora schaut Hannah an und senkt den Kopf.

Nora geht eine dunkle Straße entlang. Es ist ein Uhr nachts. Kein Mensch ist auf der Straße. Vor allem nicht hier in dieser Gegend, hier schlafen die Menschen um diese Zeit. Sie wollte nicht mehr bleiben, die Musik war schlecht, und irgendwie wollte sie zurück zu Hannah. Dieser Mann, der zu Besuch war, hat so brutal geschaut vorhin am Tor. Eine Brutalität, die sie selten gesehen hat, hatte in seinen Augen gelegen – nicht cholerisch, eher kalkuliert. Und die Frau hatte blutleere Lippen gehabt.

Nora schneidet die Luft mit einem Weidenstock in Zickzack-Stücke. Der Stock ist elastisch, er faucht beim Schneiden. Eigentlich sind es keine Zickzack-Stücke, sondern Häkchen. Nora hakt die Luft ab. Einen Haken nach dem anderen. Und mit jedem Haken werden ihre Lippen dünner. Und mit jedem Haken zerfällt der Teil der Luft, den sie gerade abgehakt hat. Hannah wird diesen Mann reizvoll finden. Nora weiß nicht, wieso sie sich da so sicher ist, sie weiß nur, daß es so ist.

Nora hat Schuhe mit hohen, spitzen Absätzen an, die weder zum Mantel noch zur Hose passen. Ihr Mantel und ihre Schuhe sind schwarz. Ihre weißen Finger ragen aus den Mantelärmeln heraus. Die Augäpfel, die Zähne und die weißblond gefärbten Haare. Alles in gestochen scharfem Weiß. Nora geht schnell, sie schlendert nicht.

Sein Griff an ihren Arm im Vorbeigehen am Tor. Noch nie hat jemand sie so angefaßt. Er hat nichts gesagt. Kein Wort. Er hat sie nur angefaßt, in einer Art angefaßt, als ginge es um sein Leben. Als wollte er sie mit diesem einen Griff auffordern, gemeinsam ihr Leben aufs Spiel zu setzen. Oder noch eher: nicht auffordern, sondern locken.

Nora biegt um die Ecke in die Straße ein, in der das Haus steht, in dem ihre Eltern wohnen und Hannah und sie selbst auch, wenn auch nicht mehr lange. Noch kommt sie hierher, obwohl sie schon eine Matratze in ihrer neuen Wohnung hat. Sie kommt wegen Hannah. Sie ist überhaupt nur noch wegen Hannah da.

Dieser Mann hat eine Brutalität, die rein abstrakt bleiben kann, die sich nicht entladen muß, die Zeuge einer Zärtlichkeit ist. Eine Zärtlichkeit, die genauso alles aufs Spiel setzt wie seine Brutalität und die sich genausowenig entladen muß, wenn sie keinen Gegenpart findet. Auch diese Zärtlichkeit hat in seinem Schweigen gelegen. In seinem Blick. In seinem Griff. Er spart nichts aus. Und genau dieses Spektrum macht ihn so reizvoll für Hannah.

Noras Schritt wird langsamer. Sie bleibt immer stehen, wenn sie an diese Ecke kommt. Sie muß hier ganz bewußt einbiegen, es passiert nicht von allein. Heute nacht geht sie in die Knie. Sie will ihren Weidenstock die Straße entlang Richtung Haus schlittern. Sie hat ihn abgehakt. Er taugt nichts. Er faucht nicht richtig. Ein mittelmäßiger Stock. Sie wird ihn jetzt opfern. Er muß zuerst in die Straße. Eine Chance gibt sie ihm noch, wenn er schön schlittert, dann kickt sie ihn ins Grün. Sie wirft den Stock. Er rutscht ein wenig über die Straße und bleibt dann liegen. Sie geht an dem Stock vorbei, ohne ihn eines Blickes zu würdigen. Er ist es nicht einmal wert, getreten zu werden. Dann hebt sie ihren Fuß nach hinten hoch und fängt an, die Straße entlangzuhüpfen. Sie hüpft, wie kleine Mädchen hüpfen, die Himmel und Hölle spielen. Sie hält die Arme abgespreizt in der Luft. Kurz bevor sie das Haus erreicht hat, bleibt sie abrupt neben einem parkenden Wagen stehen. Das ist sein Wagen. Er ist also noch da. Sie zieht ihren linken Schuh aus und schaut ihn sich an. Sie untersucht den Schuh auf seine stabilsten Stellen, dreht und wendet ihn, faßt ihn einmal an der Spitze, einmal am Absatz, dann greift sie ihn mit der einen Hand am Schaft, hält sich mit der anderen Hand an dem Beifahrerspiegel des Wagens fest, stellt sich auf die Zehenspitzen und schlägt mit dem Absatz in das Frontfenster.

Ahh, und da ist es: dieses Geräusch!

Es ist ein seltsames Geräusch, das Geräusch von verhindertem Klirren. Ihre Mimik spiegelt es wider, dann löst es sich zu einem lautlosen Lachen auf. Der Absatz hat die Fensterscheibe bersten lassen, aber sie splittert ohne Scherben, sie splittert innerlich. Nora lacht ein Kinderlachen übers ganze Gesicht, ihre Augen funkeln. Sie mag nicht nur das seltsame Klirren, sie mag auch die Sekundenzeichnung des Spinnennetzes auf der Fensterscheibe. Der Moment, wenn Verbundglas innerlich zu Bruch geht, der ist es. Er erinnert sie an etwas.
Nora schaut sich kurz ihren Absatz an, zieht dann ihren zweiten Schuh aus und hüpft strumpfsockig auf das Gartentor zu. Als sie am Gartentor ankommt, schaut sie noch einmal zurück. Er wird verstehen, worum es geht. Es wird ihn nicht einmal wundern. Er hat das Spiel eröffnet.

Schön sieht es aus – das Netz auf der Fensterscheibe – wunderschön. Doch während sie so schaut, verändert sich etwas in ihrer Mimik. Es *war* schön, denkt sie, jetzt ist es nicht mehr schön, jetzt ist es vorüber. Und plötzlich zeigt sich das Weiß ihrer Augäpfel und das Schwarz ihrer Iris in einem so starken Kontrast, als hätten sie sich mit einem Schlag voneinander getrennt. Während sie noch immer die Fensterscheibe betrachtet, greift sie über die tiefe Holztür und drückt leise von innen die Klinke herunter. Als die Klinke nachgibt, wendet sie sich ab, geht über den Kiesweg im Garten, holt den Hausschlüssel aus dem Blumentrog und sperrt ganz leise die Haustür auf. Dann legt sie den Schlüssel wieder zurück in den Trog, schaut dabei noch ein letztes Mal zum Wagen hinüber und schließt die Tür. Ihre Mutter und seine Frau reden ziemlich laut. Sie sind betrunken. Ihn und Hannah hört sie nicht. Sie geht leise die Treppe nach oben in ihr Zimmer und zieht die Tür hinter sich zu. Sie haben sie nicht bemerkt. Zum Glück. Sie will nur dasein. Für Hannah dasein. Sie läßt sich halb auf ihr Bett fallen, die Füße noch auf dem Boden, und bleibt so liegen, in Strümpfen mit offenen, schwarzweißen Augen, Mantel und Schal.

Diese Hände sind eiskalt. Sie sind aus Holz, gefrorenem Holz. Die Hände sind das einzige, was sie von ihrem Körper spürt, während sie so daliegt auf dem Bett, wie ein Bogen mit den Füßen auf dem Boden. Nein, nicht das einzige, ihre Füße spürt sie auch, die sind auch kalt, feucht und kalt, aber nicht wie gefrorenes Holz, eher wie zwei kleine, harte, vereiste Flächen. Zwischen Händen und Füßen ist nichts, keine Beine, keine Arme und natürlich auch kein Rumpf. Der Rumpf ist schon lange nicht mehr da, der hat sich als erster aus dem Staub gemacht. Viel ist nicht mehr übrig von ihrem Körper. Ob er sie verlassen hat oder sie ihn? Was für eine sinnlose Frage – wen kümmert das schon? Einer von beiden ist jedenfalls weg, auch wenn sie immer noch so tun muß, als ob sie zusammengehörten. Sie wartet nicht mehr, daß ihr Körper zurückkommt oder daß sie ihn wiederfindet. Sie tut so, als ob er noch da sei und spielt essen und schlafen und duschen und anziehen. Sie ist eigentlich schon zu alt für dieses Spiel. Aber sie wiederholt es trotzdem Tag für Tag. Hannah und sie haben sich etwas versprochen, ohne ein Wort. Deswegen hört sie noch nicht auf. Nur deswegen. Hannah hat ihr Versprechen nicht vergessen. Es war ein Unfall. Ein Unfall.

Nora zieht ihren Mantel aus. Auf ihren Armen sind kleine, runde Wunden. Gebrannte Wunden. Wenn sie schon nicht damit aufhören kann, dann versucht sie wenigstens, die Umrisse ihres Körpers abzufackeln. Aber es funktioniert nicht. Jedenfalls nicht langfristig. Eine Blase, eine Wunde, eine runde Narbe, das ist alles. Danach muß sie ihre Umrisse wieder anziehen und mit Essen füllen. Sie hat es auch mit Schnitten versucht – kein wesentlicher Unterschied. Gleich wird dieser Mann gehen und ihren Gruß auf der Scheibe sehen. Er wird einfach einsteigen und davonfahren. Sie täuscht sich nicht. Sie kennt ihn. Woher, weiß sie nicht. Sie kennt ihn einfach. Sie schließt die Augen: Gut, spielen wir schlafen.

Mutters Wangen haben so einen eigentümlichen Glanz, denkt Hannah. Sie sieht so aus, als hätte Vaters Abgang sie beflügelt; als hätte sie den Abgang des Vaters einfach im Schlaf verbraten, so wie sie jetzt daliegt unter der himmelblauen Wolldecke auf dem Sofa und in einer Frauenzeitschrift blättert. Sie mußte den Vater wahrscheinlich noch nicht einmal wenden. Ein winziges, mageres Stück, kurz gebraten, löste er sich schon. Ein Figürchen. Ein Figürchen, das so klein und platt ist, daß es zwischen zwei Seiten dieser blöden Zeitschrift passen würde. Als Andenken für Hannahs Poesiealbum, würde Mutter sagen. Du mußt deinen Vater im Gedächtnis behalten, würde sie sagen.
Da klappt Klara die Seiten zu und schlägt einmal mit der flachen Hand auf das Titelbild: »Frustrierend! Es steht nur Unsinn in diesen Zeitschriften.« Hannah starrt auf die Zeitschrift. Die Mutter hat diesen Satz gesagt, als hätte sie ihn aus einem Drehbuch entnommen. Sie probiert eine neue Rolle aus. Jetzt schon, einen Tag nach Vaters Abgang, während sie den Vater zwischen zwei Seiten ihrer Zeitschrift rutschen läßt. Wenn der Vater jetzt tatsächlich in die Zeitschrift gerutscht wäre ...
Klara lehnt sich zurück und nimmt einen Schluck Tee. Die Zeitschrift fächert sich wieder etwas auf. Hannah starrt zwischen die Seiten. Sie muß ihren Vater finden, muß die Seiten finden. Wenn er zwischen zwei Seiten mit Parfumwerbung klebt, ist er verloren. Dann ist er betäubt und ohnmächtig.

Als Hannah zur Zeitschrift greifen will, stellt Klara ihre Tasse so schwungvoll auf das Titelbild, daß der Tee aus der Tasse schwappt. Hannah schreit nicht. Das war's. Der Vater, ein Fleck auf Hochglanz, nicht mehr und nicht weniger. Und das flache Figürchen zum Andenken, an das keiner denken wird, weil es in der Altpapiersammlung landet, nochmals gepreßt und ab in den Reißwolf. Vatergeschnetzeltes.

»Möchtest du Kuchen? Ich habe heute morgen ein ganzes Paket gekauft. Hol's doch aus der Küche, wenn du willst.«

Kuchen? Das Geschnetzelte ist noch nicht einmal vom Tisch. Mutter schreckt wirklich vor gar nichts zurück. Die Teetasse steht zentnerschwer auf der Zeitschrift. Hannah steht auf und geht in die Küche. Sie geht tatsächlich in die Küche. Ihre Füße gehen in die Küche. Wieso kann sie Vater da einfach liegen lassen? Und überhaupt: Wie kommt ihre Mutter dazu, heute morgen Kuchen zu kaufen? Mit Rouge in der Konditorei. Sie sieht überhaupt so gut aus wie schon lange nicht mehr. Sie dachte, Mutter hätte den ganzen Vormittag mit einer Decke auf dem Sofa gelegen wie jemand, der gerade einen Schiffbruch überlebt hat. Hat sie aber nicht. Sie war mit Rouge in der Konditorei. Ob sie Vater einfach keinen Kuchen mehr mitgebracht oder, noch schlimmer, einfach wie immer einen mitgebracht hat? Diese Gedanken hängen im Raum. Hannah müßte sie nur pflücken, und schon hagelten sie wie Fallobst in die Wolldecken-Idylle.

Hannah öffnet die Eisschranktür. Geschlagene Sahne in einer hohen Plastikschale. Wolkenkratzer. Das Kuchenpaket. Der Kuchen duftet. Hannah zieht den

Duft ein paarmal tief in die Nase ein. Und der Duft des Mürbeteigs zerkrümelt das Donnergott-Gehabe unter dem nachmittäglichen Teehimmel. Das ist die Tageszeit, zu der die Tassen tief fliegen. Hannah steht mit geschlossenen Augen vor dem Kühlschrank. Nachmittags gibt es ausgeschlafenen Hefeteig. Und geschlagene Sahne – Kopfkissensahne – Mittagsschlafsahne. Und in Zucker erstarrte Orangenscheiben, die im Tee ein Vollbad nehmen. Und sich entspannen und erschöpft in der Tasse hängenbleiben, wenn der Tee längst ausgetrunken ist.
Hannahs Empörung wird müde. Die Gedanken ans Baden haben sie müde gemacht. Hannah kann ihre Empörung kaum noch hören. Sie sieht sich mit Stefan im Atelier sitzen. Sie dreht die Empörung lauter und leiser, bis sie die richtige Lautstärke gefunden hat. Lau läßt sie es plätschern. Empörung als Fahrstuhlmusik. Sie könnte sie jetzt auch abdrehen und das Wasser ablassen. Dann wäre sie weg, die Empörung. Dann könnte sie endlich Kuchen essen. Oder sie könnte sie in die weiche Kopfkissensahne mitten in den Mittagsschlaf fallen lassen. Dann wäre sie ausgeschlafen und kräftig am Abend. Dann könnte sie sie wieder voll aufdrehen und aus dem Fahrstuhl befreien, wo sie jetzt so verschlafen vor sich hinplätschert. Sie ist schon ganz oben angekommen. Im obersten Stock. In den Wolken. Hannah öffnet die Tür, holt den Kuchenheber hinter dem Besteckkasten hervor und streicht mit der Hand an den silbernen Rändern entlang. Was für ein elegantes Flugzeug! Wohin sie wohl ihre erste Reise machen werden – Stefan und sie? Wow – sogar der Sahnetower sieht win-

zig aus von hier oben. Sie wird jetzt das Flugzeug in einem großen Bogen unter einem Kuchenstück parken. Und dann wird sie springen. Von hier oben. Und in der Sahnewolke landen. Und darin bleiben, bis Stefan sie abholt. Da wird ihre Mutter Augen machen.

Hm? War da was? Hannah hat etwas gehört von ganz weit unten. Aus dem Wohnzimmer, die Stimme ihrer Mutter. Sie scheint Funkkontakt mit dem Boden zu haben. Sie hört ihre Mutter rufen: »Nora« und »Kuchen«. Nora ist oben? Sie will Nora so jetzt nicht sehen. Sie will erst mit ihr sprechen. Erst mit ihr über Stefan sprechen. Aber selbst das geht in dem Rauschen auf. Das Rauschen, das vorher auch schon da war. Nur, daß sie es nicht hören konnte, weil es sich innen und außen gleich angehört hat. Der Funkspruch hat ihr wieder Ohren aufgesetzt. Es ist windstill hier oben. Sie schwebt. Im Himmel. Stefan.

Da ist wieder etwas zu hören. Es ist näher als der erste Funkspruch. Es kommt aus dem oberen Stockwerk. Zuerst ein undefinierbares Rumpeln, dann wird eine Klinke gedrückt. Eine Tür geht auf, jemand schlurft den Gang entlang über die Treppe nach unten. Keine Schuhe. Barfuß. Das Geräusch von Schritten auf dem Teppich und ein leichtes Sirren – die Hand auf dem Metallgeländer. Die Luft wird schwerer, der Teehimmel geht in die Knie. Nora kommt. Der Funkspruch scheint sie erreicht zu haben. Sie muß Nora heute noch von Stefan erzählen. Sie werden sich zusammen ins Bett legen und so lange schweigen, bis alles gesagt ist.

Hannah steht im Eßzimmer. Auch daß sie dorthin gegangen ist, merkt sie erst, als die Schritte von Nora lauter werden, das Sirren aufgehört hat und Nora in ihrer Nähe steht. Hannahs Blick fällt auf die Teiglandschaft unter sich.
Als Klara anfängt, Nora jede einzelne Kuchensorte zu erklären, steht die Landschaft still. Hannah ist im Wohnzimmer und strauchelt. Mutter soll Nora in Ruhe lassen mit dem Kuchen. Hannah muß sich konzentrieren, auf das Rauschen konzentrieren. Bloß jetzt nicht zur Landung ansetzen. Sie hebt den Kopf wieder, streckt ihren Brustkorb, zieht nach oben, und die Wolken kommen näher. Überstanden. Nur eine kleine Turbulenz. Gott sei Dank.
Nora setzt sich auf den Boden und recht mit ihren Fingern den Teppich. Hannah schwebt über ihr. Nora pflügt das große, maisfarbene Feld. Wenn sie ihr doch nur ein Zeichen ins Feld pflügen könnte. Ein Zeichen, das ihr zu erkennen gibt, daß sie sie entdeckt hat da oben und daß sie weiß, das *sie* den Vater nicht einfach so verbraten hat. Den Schatten eines Flugzeugs vielleicht oder so etwas.
Hannah soll das Kuchentablett abstellen. Sie kann sich zwar nicht vorstellen, daß ihre Arme von hier oben bis zum Tisch reichen, aber sie wird es versuchen. Sie streckt das Tablett mit hocherhobenem Kopf Richtung Sofatisch. Und tatsächlich: Es setzt auf. Sofort macht sich der Auftrieb bemerkbar. Schwerelosigkeit ist einfach das Größte. Und ihr ist kein bißchen schwindelig dabei. Ob Nora lieber grünen oder schwarzen Tee wolle, fragt die Mutter.
Schwarz sei gut, antwortet Nora, blinzelt die Mutter

an, nimmt sich Tee, blinzelt dann Hannah an und fragt Hannah, ob sie auch Tee wolle.

Tee? Gott sei Dank! Nora verdächtigt sie nicht. Sie verdächtigt sie nicht, und sie verachtet sie auch nicht, daß sie hier sitzt und Tee trinkt mit der Mutter, die den Vater schon verdaut hat. Sie dachte, Nora denkt, daß Vater mit jedem Schluck Tee, den sie hier mit der Mutter trinkt, mehr zum Würstchen in Mutters Darm wird. Und daß sie auch noch ihre Magensäfte zuschießt. Aber so ist es nicht. Nora weiß das. Sonst würde sie ihr jetzt keinen Tee anbieten. Wieso sie nur manchmal so Angst davor hat, daß sie sich mißverstehen könnten?

Hannah nickt, Nora gießt ihr ein, hält dabei den Deckel fest – das macht sie sonst nie – und nimmt sich ein Stück Kuchen. Gabel für Gabel verschwindet der Butterstreuselkuchen in ihrem Mund.

Klara lächelt zufrieden. Nora ißt den Kuchen, und zwar den mit Butter, den ohne Obst. Auch wenn sie den Kuchen so ißt, wie man eine dieser Mathematikaufgaben löst, bei denen die Lösung bekannt ist und die man nur noch einmal beweisen muß.

Jede Gabel voll, die Nora ißt, setzt sich bei Klara direkt in Energie um. Sie wird lebendig, richtet sich auf, strahlt jugendlich, nimmt ihre Teetasse mit aufs Sofa und geht dann mit frischem Elan ans Stapeln: Worte, zu viele Worte. Irgend etwas über Hannahs Schule, über ihren Schulfreund Marc und wie nett Marc doch sei und wieso er eigentlich schon so lange nicht mehr zu Besuch gewesen wäre und gleich danach das Wort »Stefan«. Als dieses Wort aus ihrem Mund kommt, verliert sich Klara kurz, holt sich dann aber gleich

wieder und fragt Hannah, wie sie ihn denn gefunden habe, diesen Stefan Braun.
Hannah verschluckt sich. Das Wort »Stefan« war gegen sie gerichtet. Die Mutter hat es mit einem ganz seltsamen Unterton gesagt. Und es legt sich wie ein kleines, rundes Plättchen auf ihre Speiseröhre. Als Flöte hätte sie jetzt ein grelles Piepsen ausgestoßen. Das gibt es doch nicht, das kann die Mutter doch jetzt nicht fragen! Sie will dazu nichts sagen. Aber sie muß, sie muß etwas sagen, um die Speiseröhre wieder frei zu bekommen, um nicht abzustürzen. So etwas wie »Ja, fffffand ich auch«. Die »fs« mit einem gewaltigen Druck gegen die Zähne an die Unterlippe gepreßt und: raus. Das Plättchen schießt nach vorne. Absturz verhindert.
Nora pikst mit der Gabel die letzten Krümel ihres Kuchens auf und sagt nichts, da die Frage der Mutter ohnehin bei Hannah gelandet ist.
Doch Klara hat noch eine Menge Kuchen-Energie übrig, also geht der zweite Versuch an den Start: Ob Nora tanzen gewesen sei und wie und wo.
Nora hat sich vorbereitet, der Stapel landet bei ihr. Sie hat ein »Ja, war ich« parat, immerhin. Dann schweigt es wieder. Die drei Worte haben nur einen Stützboden in den Stapel von Klaras Worten gezogen, aber sie haben keinen Nachklang, sie tragen nicht über das Verhallen von Noras Stimme hinaus. Ist sie verhallt, bricht Klaras Stapel sofort wieder zusammen, und sie muß einen neuen bauen: Ob sie alleine tanzen gewesen sei?
Das war die falsche Frage, darauf kann man einfach mit »Nein« antworten. Nora sagt »Nein« und räus-

pert sich. Das »Nein« ragt noch nicht einmal aus der schweigenden Fläche heraus – nur eine kurze Bewegung auf der Oberfläche, dann wieder spiegelglattes Schweigen. Klara hat das »Nein« ins Aus geschossen. Sie zündet sich eine Zigarette an.

Hannah muß sich jetzt noch stärker konzentrieren, um in den Wolken zu bleiben. Der Ballastabwurf hat ihr zwar Auftrieb gegeben, aber das Schweigen zwischen Mutter und Nora hängt sich schwer an ihre Flügel. Das Kuchentablett war ein Fliegengewicht dagegen. Sie soll landen, sie soll die Luft aufwirbeln, Geräusche machen. Sie weiß das. Es ist immer so. Aber weil sie noch immer nicht einspringt, nicht abspringt oder weil Nora den Deckel der Teekanne festgehalten hat, was sie sonst nie macht, oder aus irgendeinem anderen Grund nimmt Klara noch einmal Anlauf und wirft mit einem Affenzahn Fragen Richtung Nora: über den Umzug, die neue Wohnung, die Uni.

Nora umfaßt ihre Knie mit beiden Armen und legt ihren Kopf darauf, um sich vor den Fragezeichen zu schützen, die sich mit ihren Greifhänden um ihren Nacken legen und sie zu ihrer Mutter hinüberziehen sollen. Sie muß sie zurückschicken, bevor sie sie packen können, also räuspert sie sich: Die Uni sei gut. »Gut!« – das schafft sogar einen Sekundennachklang. Doch der Stapel war schon zu hoch, er wird jetzt kippen. Nora wird das Gespräch jetzt abbrechen. Sie wird warten, bis das Kippen anfängt, und dann gehen. All das sieht Hannah auf einmal ganz klar unter sich liegen. Sie sieht die schweigende Landschaft. Es schweigt nicht zwischen Mutter und Nora, sondern

an ihnen vorbei. Es spannt keinen gemeinsamen Raum. Aber irgendwie kann ihre Mutter damit heute anders umgehen, irgendwie geht ihr heute die Luft nicht so leicht aus. Seltsam. Gerade heute.
Nora blinzelt nervös, sie muß das Gespräch jetzt an einem Nebenschauplatz ausklingen lassen. Sie wird die Mutter jetzt fragen, ob sie noch ein Stück Kuchen nach oben mitnehmen könne. Dann kann sie gehen.
Die Mutter sagt, sie freue sich, daß Nora heute so viel esse. Und dann fährt sie fort, als bedeutete es nichts, solange noch ein Stück für Vater übrigbliebe, er habe einen Blumenstrauß geschickt und geschrieben, daß er heute abend käme. Er sei nicht mehr nach Hause gekommen, weil er gestern zu viel in der Kanzlei zu tun gehabt habe.

Was?

Was hat Mutter da gesagt?

Volltreffer auf den Solarplexus. Abgeschossen. Hannah kracht auf den Boden. Die Faust mitten hinein. Hannah schnurrt zusammen, ihr ganzer Körper ist um den Faustschlag herum gerafft. Die Bauchhaut ist auf einen Gummi gezogen. Der Gummi zieht sich um die Faust herum zu und zerrt an ihrer Haut.

Vater kommt zurück?

Je mehr sich die Worte der Mutter im Raum ausbreiten, desto größer wird die Spannung in ihrer Haut, die Rückenhaut wird schon dünner, ihr Rückgrat sichtbar, die Wirbel biegen sich spitz aus dem gekrümmten Rücken. Ihre Arme liegen links und rechts neben ihrem Körper.

Er ist gar nicht tot?

Er war in der Kanzlei?!

Vater klemmte nicht zwischen den Zeitschriftenseiten, er saß in der Kanzlei. Er hat wahrscheinlich telefoniert oder so etwas. Die Faust bohrt sich durch die dünne Haut zwischen den Brustwirbeln und öffnet sich – einen Finger nach dem anderen, mitten in ihrem Bauch. Sonnenförmiger Schmerz, der gleich wieder gerinnt.

Er ist also nicht tot. Und was war das gestern? Ist er nicht gegangen? Bist du nicht vom Stuhl gekippt und fast ertrunken, Mutter? War das alles nichts? War das nur eine Farce?

Ihr wird schwindelig: Nein. Bitte. Nein. Während sie an den Abend denkt, wie Vater und Mutter am Tisch sitzen, arbeiten sich die fünf Finger vom Solarplexus aus nach oben vor, packen die Lunge und wringen sie wie einen alten Lappen aus. Sie ringt nach Luft. Sie wollte zu Stefan gehen. Und jetzt? Es wird ein süß-giftiges Trockengewitter geben heute abend. Mutter wird sich polieren und eine Lächelschicht darüber legen. Und Vater? Lächelt und schweigt.

Klara sieht die Krümmung der Tochter und fragt mit einer leicht verzerrten Stimme, ob es Hannah nicht gutgehe.

Die Faust schließt sich. Doch bevor die Finger ihren Bauch verlassen, drehen sie ihre Bauchhaut eng zusammen und ziehen sie hinter sich her – wie man einen nassen Badeanzug mit einem gedrehten Griff von der Haut abzieht. Ihr wird schwarz vor Augen, ihr Bauch tobt in einem blutleeren Schmerz. Ihre Rükkenhaut ist bis zum Zerreißen gespannt. Sie will der Faust hinterherschreien, aber die Luft fehlt.

Als Hannah nicht reagiert, sagt Klara mit einem ganz anderen Ton in der Stimme, daß sie nie daran geglaubt habe, daß Vater wegbleiben würde.

Was redet sie da? Was ist das für eine Stimme? Sie hat ihr das Leben gerettet! Sie sitzt hier seit Stunden, damit ihre Mutter sich erholen kann, und ihre Mutter weiß das alles schon seit heute morgen, geht Kuchen kaufen und tut so, als sei nichts geschehen! Ihr Magen versucht sich aufzubäumen, er hat aber kaum noch Spielraum – die Faust hat die Magenwände mit nach außen gezogen und fest im Griff. Aufbäumen geht nicht mehr. Nur noch ein flaches Zucken.

Klara wird unruhig. Hannah solle etwas sagen. Sie sei ja ganz bleich. Vielleicht sollte sie noch etwas essen. Sie könne ruhig das Stück von Vater aufessen, wenn sie wolle.

Ist sie jetzt total verrückt geworden?

Als Hannahs Zucken sichtbar wird, sagt Klara, immer noch mit diesem fremden Ton in der Stimme, nur lauter, dann könne sie ihr auch nicht mehr helfen. Und das Verschwinden des werten Herrn Vaters schiene sie ja über alle Maße berührt zu haben.

Du verdrehst alles! Alles! Laß meine Lunge los!
Laß mich los.

Da legt Nora Hannah die Hand auf den Rücken mitten auf die Wirbeldornen. Hannah krümmt sich noch ein Stückchen weiter nach vorn. Selbst Noras Hand ist in diesem Schmerz ein Fremdkörper. Nora flüstert Hannah sanft ins Ohr, daß sie sie jetzt nach oben brächte.

Keinen einzigen Tag länger. Kein einziges Frühstück, keine einzige Nacht, nichts mehr. Luft!

Klara richtet sich auf. Hannah steigert sich da in etwas hinein, wahrscheinlich bekommt sie eine Erkältung. Sie hat sowieso schon die ganze Zeit so gläsern geschaut. In solchen Momenten hilft nur Härte. Sie kann das. Klara atmet kurz durch: Das Theater reiche ihr jetzt. Gestern sei Hannah noch am Boden zerstört gewesen, daß ihr Vater sie verlassen habe, dann betrinke sie sich, flirte mit einem Mann in ihrem Alter, und heute das. Als Hannah nicht reagiert, hebt Klara noch ein letztes Mal an, sie sei vollkommen hysterisch. Sie solle atmen, etwas trinken, essen oder an die

frische Luft gehen.
Ein Mann in ihrem Alter? Da schnalzt der Gummi, und Hannahs Rückenhaut reißt. Die Faust fällt nach vorne ins Nichts. Hannah fällt zurück aufs Sofa. Ihre Rumpfhaut ist weg, die Faust hat sie mitgezogen, kein Zug mehr, kein Schmerz mehr, keine Haut mehr. Nur noch der rote Haaransatz in ihrem Nacken. Schwerelosigkeit.
Sie sieht sich um – die Mutter, himmelblaue Wolldecke über Mutters Beinen. Das letzte Kuchenstück, die Frauenzeitschrift, die Teetassen, der Kuchenheber, die Kuchengabeln, totale Leere.
Da setzt sie sich gerade hin, nimmt Vaters Kuchen und ißt ihn auf.
Klara atmet durch, jeder Biß von Hannah in Vaters Stück ein Atemzug. So ist es besser. Klara beugt sich nach vorne und gießt ihrer Tochter Tee nach.

Nora wartet, bis Hannah Vaters Kuchen aufgegessen hat. Den Kampf mit Vater wird sie später kämpfen, wenn er wieder zurück ist, dieser Feigling. Dann nimmt sie Hannahs Hand und zieht sie vom Sofa hoch. Als die Mutter anheben will, etwas zu sagen, wirft Nora ihr einen Blick zu, der die Mutter sofort abbrechen läßt. Nora geht mit Hannah nach oben ins Bad, zieht sie aus und läßt ihr eine Badewanne ein. Dann setzt sie Hannah in die Wanne und steigt dazu.

Nach einer Stunde ist Hannahs Zähneklappern so laut, daß ihr Blick plötzlich wieder greift. Sie sieht Nora mit blauen Lippen ihr gegenüber in der Wanne sitzen und sie ansehen. Vollkommen still.

Nora war – die ganze Zeit – bei ihr. Hat ihren Blick die ganze Zeit ausgehalten. Das Kaltwerden. Die Regungslosigkeit. Hannah steigen Tränen in die Augen. Auf einmal merkt sie, wie kalt es ist. Eiskalt. Und mit einem Schlag wird ihr Zittern so stark, daß das Wasser Wellen schlägt. Hannah versucht sich aufzurichten. Aber die Kraft dazu fehlt. Da fängt Nora an, ihr Wasser ins Gesicht zu spritzen. Hannah erschrickt. Dann sieht sie Noras Lachen. Und spritzt zurück. So fest sie kann.

Als die Wanne halb leer ist und der Badezimmerboden überflutet, hängt ihr gemeinsames Lachen in der Luft. Nora geht aus dem Raum, ohne sich abzutrocknen. Und Hannah steht auf.

Stefan weiß nicht, daß Hannah in der Oper ist. Sie wollte warten, aber es ging nicht mehr. Nachdem sie aus dem Bad gekommen war, mußte sie sofort aus dem Haus. Sie ist in der Stadt herumgelaufen. Jetzt ist es Viertel vor acht. Die Vorstellung beginnt in einer Viertelstunde. Die Ränge füllen sich langsam. Der Platz hinter ihr – der Platz genau hinter ihr – bleibt frei. Sie weiß schon, was er damit sagen will. Sie wird sich nicht umdrehen. Und er wird nicht kommen.
Und trotzdem versetzt jeder Schuhtritt auf dem Gang ihrem Herzen einen Schlag. Ihre Kehle juckt. Sie kann kaum noch schlucken. Als der Vorhang zur Pause fällt, läuft sie ins Foyer, kauft sich ein Glas Rotwein, trinkt es in vier Zügen aus und setzt sich wieder auf ihren Platz. Es hat nichts geholfen. Ihre Kehle bleibt trocken. Der Saal ist jetzt fast leer, was Stefans blinde Anwesenheit noch stärker werden läßt. Ihre Augen suchen die Ränge ab. Nichts. Er ist nicht da, er ist nicht gekommen. Da spürt sie eine Stichflamme in ihrem Magen. Was war das? Sie brennt! Tatsächlich. Wie macht er das?

Der zweite Akt, der dritte Akt. Ihr Magen lodert, das Zeichen auf ihrem Rücken schmilzt langsam durch ihr Hemd. Sie versucht sich auf die Choreographie zu konzentrieren. Der kanadische Tänzer bewegt sich kaum, aber er hält die Spannung. Jede seiner spärlich eingesetzten Bewegungen verlängert sich über seinen Körper hinaus in den Raum. Die Tänzerinnen erledi-

gen den Rest, führen seine Andeutungen aus, beschreiben seinen Radius – tanzen ihn. Und keine einzige Hebefigur.
Da fällt der Vorhang, und der Applaus schwillt an. Sie klatscht, obwohl ihr eigentlich nicht danach zumute ist. Während sie klatscht, merkt sie plötzlich, daß seine Abwesenheit verblaßt. Es wird sofort kälter. Sie hört auf zu klatschen. Er ist weg. Wie konnte sie sich nur einbilden ...? Das Klatschen war ein Fehler. Sie ist kein Publikum. Sie hat einen falschen Zug gemacht. Sie hat ihn nicht in sich drin, er kann sich entziehen, er ist weg. Sie rennt aus der Loge, sie rennt durch die noch leeren Gänge, die Treppe hinunter ins Foyer und hinaus auf den Platz. Luft!

Wenn sie jetzt weitergeht, hat sie verloren. Sie steht mit dem Rücken zum Opernhaus. Sie dreht sich um und betrachtet das Haus. Es ist hell erleuchtet und strahlt über die breite Fassade. Doch es strahlt sie nicht an. Es schließt sie strahlend aus, weil sie halbherzig geklatscht hat, wie all die anderen Menschen, die gerade an ihr vorbeigehen, weil sie geglaubt hat, seinen Körper nicht zu brauchen, ihn zu beherrschen. Sie wird ihm beweisen, daß es ihr nicht um dieses hausgemachte Feuer geht, daß sie weiter kann, daß es ein Ausrutscher war. Sie wird so lange genau hier stehenbleiben, bis auch noch der letzte Zuschauer den Platz verlassen hat. Dann ist sie ihm so ausgeliefert, daß der ganze Platz Raum für eine Sehnsucht ist, die nur er entzünden kann.
Der Strom der Zuschauer teilt sich links und rechts von ihr. Das Gerede der Menschen klatscht an ihr

hoch, ihr Lachen ist die Gischt. Die Fassade wächst und zieht sich weiter in die Höhe. Sie muß schon den Kopf in den Nacken legen, um das Dach überhaupt noch sehen zu können. Die Fassade wächst nicht nur in die Höhe, sondern auch in die Tiefe. Der Mauermantel wird massiver, das Fassadenstrahlen breiter. Es drückt sie vom Eingang weg – der Strom der Menschen und nun auch noch dieser Widerstand. Sie schließt die Augen.

So steht sie eine Weile da, bis ihr glühender Rücken erkaltet ist. Die Temperaturen sinken weiter. Ihr Rücken ist als erster dran. Ihr Rücken, der Stefans Abwesenheit entgegengeglüht hat, ist jetzt das Fenster zum Frost. Sie versucht die Balance zu halten, nicht nach hinten oder nach vorne zu kippen. Sie konzentriert sich auf die Geräusche, bis sie die Kälte in ihrem Rücken nicht mehr spüren kann, bis sie nur noch die Musik in ihrem Ohr hört, die Musik, die sich mit den Stimmen um sie herum vermischt. Das Stimmengewirr wird beim Einatmen lauter und beim Ausatmen wieder leiser. Aber das Atmen hilft, Hannah kann ihren eigenen Rhythmus der Strömung der Stimmen anpassen. Sie atmet tief ein und aus, bis sich das Stimmengewirr lichtet, die Wellen sich legen und die Strömung langsam weniger wird. Ihre Sehnsucht liegt windstill über dem Platz. Bald wird sie sich über alles ausgebreitet haben, alles zudecken. Dann wird sie so verharren, genau so, bis er kommt.

Sie steht da und atmet. Eine Ewigkeit, die Sehnsucht verteilt sich langsam und bildet einen hauchdünnen Film –

– gerissen: Ihre Ohren finden Stefans Stimme mitten

im Geschwätz. So laut, daß es ihre geschlossenen Lider sprengt. Ihr Bauch, ihre Ellbogen und Knie, ihr ganzer Körper – alles hört nur noch ihn. Er geht links vor ihr entlang, etwa zehn Meter links vor ihr.
Jims Handbewegungen waren grandios heute abend, hört sie ihn mit seiner Stimme, dieser Stimme, sagen. Sie versucht die Augen mit aller Macht geschlossen zu halten. Er soll ihr die Augen öffnen, wenn er will, oder an ihr vorbeigehen, wenn er nicht will, Front oder Rücken, Kopf oder Zahl – er soll entscheiden. Und für einen kurzen Moment weiß sie nicht, was sie sich jetzt mehr wünschen soll – daß er sie findet oder daß er sie stehenläßt. Da hört sie ein kurzes Wenden seines Kopfes, ein Stocken seines Redeflusses und dann seine Stimme, die jetzt etwas leiser sagt, sie sollen kurz hier warten, er müsse nur jemanden begrüßen.
Hannah erstarrt, sie hat diesen Satz in einer solchen Lautstärke gehört, daß es in ihren Ohren pfeift. Und tatsächlich – er kommt! Er geht auf sie zu, er kommt näher. Sie brennt. Sie steht als brennende Fackel mit geschlossenen Augen auf dem Platz. Sie versucht ihre Mimik im Zaum zu halten. Ihre Lippen sollen ihre Ohren nicht verraten, nichts verraten. Als der Luftzug seines Kommens sich wieder beruhigt und er vor ihr steht, schiebt sich seine Stimme leise unter ihre geschlossenen Wimpern und sagt ihren Namen, nur ihren Namen. Kein: Was machst du denn hier?
Die Murmel in ihrem Magen sprengt sich in tausend Einzelteile. Die Magenwände um sie herum weiten sich und ziehen sich wieder zusammen. Hannah zuckt mit den Lidern. Daß er sie einfach so ansprechen

würde, damit hatte sie nicht gerechnet, sie dachte, er würde sie berühren, von hinten vielleicht sogar, dann hätte sie erschrecken und so tun können, als hätte sie ihn nicht entdeckt, aber jetzt die Augen aufzumachen und ihn so anzuschauen, als hätte sie ihn nicht schon seit Stunden erwartet, das geht nicht.

Sie zögert, die Augen zu öffnen, und das Zögern macht jede Tarnung zunichte. Sie spürt, wie er grinst, wie er ihre geschlossenen Augen und ihre aufgeregten Lippen albern findet, albern und süß. Sie muß ihre Augen aufmachen und ihr Brennen offenbaren. Mit dem letzten Weiten der Magenwände öffnet sie ihre Lider, und sein Näherkommen, seine letzten Sätze, sein Stocken, sein Zögern, sein Satz, sein Grinsen – all das ist gestochen scharf in ihre Augen gebrannt. Und Stefan hat es entdeckt, natürlich, da gab es nicht viel zu entdecken. In ihren Augen läuft der Film seines Kommens. Er weitet seine Augen kurz und erhöht so die Dosis seines Blicks in ihre Pupillen. Dann legt er ihr die Hand ins brennende Kreuz und nimmt sie mit zu der Gruppe von Leuten, mit denen er aus der Oper gekommen ist, ohne sie sich von dem Blick erholen zu lassen.

Sie gingen noch etwas essen, ob sie mitkommen wolle, fragt er, als er nach drei, vier Schritten bei der Gruppe angekommen ist. Dann sagt er, ohne Hannahs Antwort abzuwarten, Hannah sei eine Freundin. Hannah nickt, lächelt und versucht so auszusehen, als ob sie eine Freundin von Stefan wäre. Stefan sieht das und schmunzelt. Er hat immer noch seine Hand an ihrem Kreuz, redet aber mit den anderen weiter, so als hätte er nur kurz etwas vom Boden aufgehoben.

Hannahs Körper ist jetzt auf die Fläche seiner Hand und die fünf Finger reduziert. Doch die Brandfläche weitet sich aus, seine Hand bekommt einen Hof auf ihrer Rückenhaut. Der Rest von ihrem Körper ist eiskalt. Sie fühlt sich, als würden ihre Arme und Beine an der handtellergroßen Stelle ihres Rückens baumeln, als sei ihr Körper an seiner Hand aufgehängt. Sie versucht sich aufs Gehen zu konzentrieren, als Stefan ihr mitten in das Gerede der Gruppe ins Ohr flüstert: »Hast du eine Unterhose an, Hannah?«

Und mit einem Mal hört ihr Baumeln auf. Die Frage hat die Schleusen in ihrem Körper geöffnet, das Brennen des Rückens flutet in ihren Bauch, ihren Schoß, ihre Arme und Beine. Sie streckt ihren Brustkorb wie einen Halbmond in die Höhe und schaut Stefan auf den Mund und dann kurz direkt in die Augen. Sie ist wieder im Spiel. Der Blick hat getroffen, sie kann das Echo des Einschlags hören. Sie dreht sich nach links und wendet sich einer Frau zu, die aussieht wie eine Tänzerin und gerade etwas über einen Kritiker sagt. Hannah sagt auch etwas über den Kritiker, und die Tänzerin lacht und mustert sie.

Als sie ins Restaurant kommen, entschuldigt sich Hannah kurz, geht aufs Klo, zieht ihre Unterhose unter dem Rock aus, knüllt sie in ihrer rechten Faust zusammen und geht an den Tisch zurück, an dem Stefan und die anderen sitzen. Sie beugt sich von hinten über Stefans Schulter, legt ihre Wange kurz an seine Stirn und drückt ihm wortlos ihre Unterhose in die Hand. Dann setzt sie sich auf den Platz, der noch frei ist, rechts neben Stefan. Stefan hört weiter dem Mann gegenüber zu, der gerade einen Witz über die Kanadier

macht, und steckt Hannahs Unterhose dabei wie einen Notizzettel in seine Jackentasche.
Sie setzt sich, er läßt die Hand in der Tasche. Sie wendet ihm ihren Rücken zu und dreht sich nach rechts, um dem Gespräch der beiden Männer zu ihrer Rechten zuzuhören. Sie hat Stefan im Rücken, Stefan hat ihre Unterhose in der Faust – sie doppelt sich, halb über dem Tisch bei dem Gespräch, halb unter dem Tisch in seiner Jackentasche.
Stefan hält seine Tasche so dicht an ihren Rücken, daß sie spüren kann, wie er seine Finger darin bewegt. Seine Finger an ihrer Unterhose. Er drückt den Stoff fest zusammen, dann zieht er ihn langsam wieder auseinander und faltet sie in kleine Falten. Als der ganze Stoff in Falten liegt, preßt er die Falten wieder kurz und fest zusammen. Ihr Knie zuckt. Dann entfaltet er sie wieder – langsam Falte für Falte. Das dauert, er zelebriert es, er streicht jede einzelne Falte glatt. Als die Hose sich wieder in seiner Tasche ausgebreitet hat, fährt er mit dem Finger den Bund entlang. Als er zu den Nähten der Beinausschnitte wechselt, dreht Hannah sich abrupt um und schaut ihn mit einem Blick an, der ihn in seinem souverän geführten Gespräch stocken läßt. Er hält sich an seinem Weinglas fest.
Hannah wendet sich wieder den beiden Männern zu. Das Spiel in der Tasche wird schneller, sie bekommt kaum noch Luft. Ihr wird so heiß in der Tasche, daß ihre andere Hälfte über dem Tisch Schweißperlen auf der Stirn bekommt. Das Gespräch der beiden Männer rückt weiter weg, ihre Gestalten werden kleiner, ihre Stimmen verschleifen sich mit den Geräuschen des

Restaurants. Während die beiden Männer immer weiter in die Ferne rücken, legt sie ihren Kopf in den Nacken, zieht ihre Zehen nach oben und preßt ihre Beine zusammen.

Er fährt mit zwei Fingern die beiden Nähte an der Unterseite der Unterhose entlang, legt sie aufeinander und reibt sie zwischen seinen Fingern. Währenddessen redet er – jetzt wieder gefaßt – mit dem Mann gegenüber über Finanzierung und den Senat. Und doch ist die Temperatur seiner Stimme gestiegen, er hetzt durch die Sätze. Während seines letzten Satzes greift er mit der linken Hand zu seiner rechten Hand und der Unterhose in die Jackentasche. Doch der Griff über den Bauch in die Tasche war zu auffällig, der Mann gegenüber schaut irritiert auf die Bewegungen von Stefans Armen. Stefan entzieht sich der Beobachtung, dreht seinen Kopf und bestellt ein weiteres Glas Wein.

Noch eine Hand hält sie nicht aus, er soll sie sofort loslassen. Oder mit ihr weggehen.

Stefan scheint ihren Gedanken gelesen zu haben, denn er läßt kurz los, aber nur, um dann mit einem kurzen, harten Ruck einen Knoten in den Stoff zu machen. Der Ruck läßt sie blitzschnell auffahren. Der Knoten war zuviel.

Da steht sie jetzt. Ein Teil der Gruppe unterbricht das Gespräch und schaut sie fragend an. Stefan steht auch auf – ihr Aufstehen kommt ihm gelegen, ihm ist auch heiß geworden, ihre Unterhose hatte ihn in der Hand. Er zieht seine Hände aus der Jackentasche – leer – und fragt, ob sie schon gehen wolle. Dann sagt er grinsend, daß er fast vergessen habe, daß sie ja morgen wieder in die Schule müsse.

Das mit der Schule war gemein vor all den Leuten, und überhaupt, sie wollte gar nicht gehen, sie war nur aufgesprungen, weil er einen Knoten in ihren Schoß gemacht hatte. Ja, schade, hört sie sich sagen. Die Gruppe lächelt, Stefan lächelt, küßt sie auf den Mund und setzt sich wieder hin, bevor er ihr die Chance gegeben hat, ihren Mantel anzuziehen und vom Tisch zu verschwinden.

Sie zieht ihren Mantel neben Stefan an – der sie nicht mehr anschaut, der bereits wieder mit dem Mann gegenüber spricht – und geht durchs Restaurant Richtung Ausgang. Schritt für Schritt wird ihr Rock durchsichtiger, jeder Gast dieses Restaurants kann ihre Nacktheit jetzt sehen, jeder. Sie hält sich die Hände vor den Schoß. Sie friert.

Stefan hat jeden ihrer Schritte auf dem Weg von seinem Tisch bis zum Ausgang des Restaurants verfolgt, er hat das Geräusch ihrer Absätze aus dem Klappern der Gabeln und dem Gerede der Gäste isoliert und nur noch Hannahs Schritte gehört. Während der ganzen Zeit, in der seine Ohren ihre Schuhe nach draußen begleiteten, wartete sein Gesprächspartner auf eine Antwort. Aber er wird das Gespräch nicht fortführen. Es erfüllt keine Funktion mehr, es war nur dazu da, die Temperatur in seiner Jackentasche anzuheizen und der Hitze eine Beiläufigkeit zu geben. Jetzt ist in seiner Jackentasche nur noch ein lauwarmes Stück Stoff, wozu also über Finanzierungsnotstand reden?
Er schaut neben sich, dorthin, wo Hannah saß und wo sie jetzt nicht mehr sitzt. Dann schweift sein Blick weiter zu den beiden Männern, mit denen Hannah gesprochen hat. Ihr Abgang war notwendig, aber jetzt ist sie weg und hat ein Loch in seiner Tasche hinterlassen. Dort rieselt es nun langsam, aber stetig aus ihm heraus, es schwächt ihn, und diese Schwächung läßt ihn blaß werden. Und Blässe hält er nicht aus, jedenfalls nicht in Gesellschaft, nicht, wenn er seine Reflektoren ausgefahren hat. Wieso sie ihm das antun muß? Ihn so sitzenzulassen, ihn so allein sitzenzulassen?
Da spürt er ein leichtes Vibrieren auf seiner linken Schläfe. Er hält inne, es wird stärker, er schaut aus den Augenwinkeln in die Richtung des Vibrierens,

und da breitet es sich aus. Er wendet sich dem Ursprung des Vibrierens zu – die junge Maskenbildnerin. Natürlich. Er hatte sie völlig vergessen. Vorgestern nacht.

Ihr Blick hat ihn wahrscheinlich den ganzen Abend lang schillern lassen. Nicht gerade ein Feuerwerk, aber besser als nichts, als Ausklang eigentlich genau das richtige. Der Blick dieses Mädchens hat nicht genug Intensität, nützt sich an seinen Reflektoren ab, und nach kurzer Zeit läßt sein Schillern in ihren Augen nach. Dann muß er die Reflektoren so fest zuschlagen, daß sie verschwindet. Er bewegt Hannahs Unterhose in seiner Hand. Sie hat es so gewollt.

Er winkt das Mädchen zu sich herüber und klopft mit der flachen Hand zweimal auf den Stuhl, auf dem Hannah saß. Das Mädchen setzt sich neben Stefan auf den noch warmen Stuhl, fährt ihm mit der Hand durch die Haare und flüstert ihm etwas ins Ohr. Stefan lacht, schiebt seine Hand zwischen ihre enggewickelte Bluse und den Bund ihres Rockes und streicht an ihrer Taille entlang.

Das Schillern läßt die Temperatur in seiner Jackentasche wieder etwas ansteigen. Er will die Hitze noch einmal spüren und dann will er dieses verdammte Stück Stoff mit einem Zisch in eiskaltes Wasser werfen. Danach kann er dann schlafen gehen, vorher nicht, vorher ist da noch etwas unausgefochten.

Er lehnt sich zu dem Mädchen hinüber und drückt ihr Hannahs Unterhose in die Hand. Sie öffnet ihre Faust ein wenig, um das Stück Stoff darin zu betrachten. Stefan zieht seine Hand aus ihrer Bluse. Sie solle das jetzt anziehen und bei seinem Wagen warten. Sie steht

auf und geht, ohne sich zu verabschieden. Stefan unterbricht das Gespräch bei Tisch, sagt, er hole nur kurz etwas und sei in zwanzig Minuten wieder da. Dann geht er in die Parkgarage neben der Oper, in der das Mädchen wartet und sein Wagen.
Das gesplitterte Muster der Frontscheibe.

Klara und Richard sitzen am Eßtisch. Irgend etwas muß passiert sein gestern abend. Richard ist heute ganz anders. Es kann nicht nur daran liegen, daß sie Stefan entdeckt hat. Von der ersten Sekunde an, gleich als sie sich begrüßt haben, hat sie gemerkt, daß er irgend etwas an sich hat, was er vorher noch nicht an sich hatte. Auch gestern morgen nicht, obwohl, vielleicht doch, aber sie erinnert sich nicht mehr wirklich an gestern morgen. Das ging alles so schnell. Dieses Frühstück. Und jetzt sitzt er geradeaus am Eßtisch. Das hat sie schon seit Jahren nicht mehr erlebt. Das ganze Abendessen saß er so.
Sie hat nicht viel gesagt während des Essens, sie weiß nicht, wie sie mit der neuen Situation umgehen soll. Sie will bei ihm keinen Verdacht schüren. Wegen Stefan. Und sie muß auch nicht mit ihm reden. Sein Schweigen hängt nicht durch wie sonst, es hat eine ganz seltsame Spannkraft. Er schüchtert sie sogar ein bißchen ein damit. Und was ganz merkwürdig ist, es ist ihr vollkommen gleichgültig, was ihn gestern abend dazu gebracht hat. Was auch immer es war, es zahlt sich aus.
Also sitzt sie ihm nun schräg gegenüber und hält ihren Kopf zwischen seinem und ihrem Geradeaus. Ihr Nacken schmerzt. Aber das hat sie ja bewußt so gewählt, es läßt sie sein Geradeaus am stärksten spüren. Sie hat gekocht, sie hat sich Mühe gegeben, sie hat Filets gebraten, Filets vom teuren Metzger. Und Kartoffeln und Bohnen mit Speck umwickelt. Er hat

es gegessen, er hat nichts dazu gesagt. Inzwischen sind sie beim Espresso, und sie löffelt ihm gerade den vierten Löffel Zucker in die Tasse, obwohl er nur einen nimmt normalerweise oder höchstens eineinhalb. Als sie kurz davor ist, den Zucker zum vierten Mal vom Löffel rieseln zu lassen, unterbricht er die Überzuckerung mit einem bestimmten Griff an ihren Knöchel.
Sie erschrickt, obwohl sie es genau so weit kommen lassen wollte, obwohl sie genau auf diesen Griff spekuliert hatte. Und er war genauso hart, wie sie gehofft hatte. Als er ihn wieder löst, wird ihr sogar ein bißchen warm zwischen den Beinen.
Sie zieht ihre Hand in ihren Schoß zurück und betrachtet ihre Finger. Sie hat einen Dreckrand unter dem rechten Mittelfingernagel. Das haßt er. Dreckige Fingernägel wären ein Scheidungsgrund, hat er früher einmal gesagt. Zum Scherz natürlich. Sie schaut aus dem Fenster, um seinen Blick von ihr abzulenken, aber vergebens, seine Augen bleiben auf sie gerichtet. Warum schaut er sie eigentlich die ganze Zeit so an? Natürlich schmeichelt ihr das, aber es irritiert sie auch. Kann er von Stefan wissen? Sie wird jetzt einfach ihren Fingernagel säubern. Und wenn er unbedingt will, dann soll er ihr dabei eben zusehen.
Sein Blick begleitet den Nagel ihres linken Zeigefingers von einem bis zum anderen Ende des rechten Mittelfingernagels. Zwei Durchgänge. Danach schnipst sie den Dreck blitzschnell auf den Boden, so als könnte diese Bewegung auch etwas anderes bedeuten. Er lächelt. Sie schaut kurz hoch, um sein Lächeln zu deuten. Er hat nicht abfällig gelächelt, er

hat gelächelt, weil er sich an seinen Spruch mit der Scheidung erinnert hat.

Richard hat die Schwelle der Abfälligkeit längst hinter sich gelassen. Er hat sie gestern morgen schon überschritten, und heute ist er noch einen Schritt weiter. Klara kann ihm nichts mehr anhaben. Sie verletzt ihn nicht mehr. Er kann jetzt sogar mit ihr spielen. Bei der Computerschulung heute nachmittag ist ihm die Idee gekommen, wie er Klara heute abend begegnen werde. Mit einem Spiel. Jede von Klaras Bewegungen zieht einen farbigen Strich nach sich. Ihre Füße, ihre Arme und ihr Kopf haben jeweils eine eigene Farbe – Gelb, Blau und Grau. Während sie sich den Dreck unter dem Nagel weggekratzt hat, haben ihre Finger einen scharfgezogenen blauen Halbmond gezeichnet. Einen Halbmond, der auf einem dünnen, leicht zitternden Stab saß – ihrem rechten Mittelfinger. Was für ein schönes Bild, denkt er und schmunzelt.
Klara hat auf dieses Schmunzeln gewartet, sie schaut schelmisch auf ihren sauberen Fingernagel, lächelt zurück und schabt mit ihren Füßen auf dem Boden hin und her – das ergibt zwei dicke, gelbe Striche. Das Gelb wird von Bewegung zu Bewegung eine Nuance intensiver, weil sich pro Hin und Her eine Farbschicht über die andere legt.
Der Halbmond war schön, das Gelb war auch ganz schön, aber jetzt liegen ihre Finger, die die anspruchsvollsten Bilder liefern, regungslos in ihrem Schoß. Das ist nicht nur langweilig, das kann auch gefährlich werden. Soviel er weiß, können sich Bilder auf dem Monitor einbrennen. Er muß Klara also wieder in Be-

wegung versetzen. Als Dramaturgie wäre zuerst eine einfache und dann eine kompliziertere Bewegung schön. Er überlegt kurz, dann sagt er, daß ihre Haare heute irgendwie anders aussähen. Das ist ein Satz wie aus einem Film. Die Frauen in den Filmen fassen sich nach diesem Satz immer an die Haare. Das wäre perfekt für den Einstieg.
Sie wendet sich ihm zu, lächelt, faßt sich – tatsächlich – an die Haare und denkt: Das war ziemlich abgedroschen, aber das ist egal heute, die Geste zählt, und er hat es beherrscht genug gesagt, so daß es seinem Geradeaus nicht in die Quere gekommen ist.

Richard lächelt, es funktioniert, sie folgt seiner Dramaturgie. Sie ist gar nicht so stark, wie sie immer tut.

Er hat es gemerkt, denkt sie, er fand seinen Satz mit den Haaren auch abgedroschen. Es wird immer erstaunlicher. Er kann heute sogar über sich lachen. Was ist nur los mit ihm?

Die Gefahr ist gebannt, und er bleibt sogar im selben Bild. So, jetzt muß er sie dazu verleiten, eine etwas komplexere Bewegung auszuführen. Vielleicht sollte er sie nach einer Zigarette fragen?
Klara steht auf, geht zu ihrer Handtasche, holt eine neue Zigarettenschachtel und kommt zurück an den Tisch. Eine *neue* Schachtel, das könnte das Aus bedeuten. Das ist viel komplexer als erwartet – Hülle aufreißen, Deckel aufklappen, Silberpapier entfernen. Klara versucht schon wieder, ihn unter Druck zu setzen. Er läßt sich aber nicht mehr unter Druck set-

zen, auch nicht von einer neuen Schachtel Zigaretten. In einer unglaublichen Geschwindigkeit knüllt sie das Plastik zusammen, legt es neben ihren Teller, klappt die Schachtel auf, entfernt das Silberpapier, zieht eine Zigarette halb heraus und hält sie ihm hin.
Lächelnd, die Schlange. So einfach wirft sie ihn nicht aus der Bahn. Er läßt sich nicht von ihr das Spiel diktieren. Er bestimmt hier die Regeln. Er atmet durch. Er läßt es sich nicht verderben, er läßt sich überhaupt nichts mehr verderben. Und wenn es jetzt abstürzt, dann löscht er es einfach und beginnt mit etwas Neuem. Er zündet sich eine Zigarette an – und bleibt dran. Ha! Es geht weiter. Er lehnt sich zurück: Von wegen! Und überhaupt: Wenn sie nicht versucht hätte, ihn aus dem Konzept zu bringen, dann wäre es ihm auch völlig gleichgültig gewesen, ob es weitergegangen wäre oder nicht. Es geht ja nicht um das Bild, sondern um ein Training seiner Konzentration. Die Abbildung von Klara ist ja wahrlich kein Kunstwerk. Der Gedanke läßt ihn schmunzeln. So, jetzt ist er wieder am Zug. Die Zeichnung ihres Kopfes ist ein wenig phantasielos. Ihr Kopf steckt den ganzen Abend über in der gleichbleibend schiefen Stellung und zeichnet nur ab und zu diese kleinen, ruckartigen Bewegungen. Das ergibt einen breiten, grauen Strich, der das Bild als träge Diagonale überdacht. Ihr Nacken muß schon schmerzen, wenn sie den Kopf die ganze Zeit über so schief hält. Vielleicht sollte er das Grau etwas rötlich färben – Rot für Muskelanstrengung, das wäre realistischer. Nicht um irgendwelche Beweise ins Feld zu führen. Er ist hier nicht als Anwalt, er ist hier als Spieler. Er spielt nur mit den Abbildungen von Klara –

an sich sind sie sinnlos. Sequenzen, die ohne eingelegten Film gedreht sind. Er bildet Klaras Bewegungen ab, ohne sie entwickeln zu lassen. Zeit für eine neue Bildsequenz. Sie sollten sich ins Wohnzimmer setzen. Klara steht sofort auf. Sie will noch Pralinen aus der Küche holen. Jetzt heißt es dranbleiben. Richard folgt ihr, um ihre Bewegungen vor dem Kühlschrank zu beobachten. Und es lohnt sich: Der Gang in die Küche ist ein herrlich hektischer Extraschlenker. Sogar der graue Strich ihres Kopfes liefert endlich eine Variation zu der eingerasteten Diagonale. Er bekommt einen Knick, als sie sich bücken muß, um die Pralinen aus dem unteren Fach des Kühlschranks zu holen, er zeichnet ein breites Geradeaus, während sie das dünne Papier, das auf der Schachtel liegt, entfernt, und sogar noch ein leichtes Wippen, als sie das Papier zusammenknüllt – schön chaotische, blaue Zeichnung – und es in den Mülleimer wirft.

Als sie aus der Küche kommt, sieht sie Richard im Gang stehen, wie er sie mit einem konzentrierten Blick anschaut – nicht messend, nicht verträumt – nein, wirklich konzentriert. Er hat sie vermißt gestern nacht, denkt sie, er kann nicht ohne sie, er braucht sie, sogar noch mehr als vorher. Er weiß nicht, daß es einen anderen Mann gibt, aber er muß es spüren. Man kann sehen, wie er sich jeder ihrer Bewegungen versichern muß; wie er sich versichern muß, daß er sie nicht verloren hat, daß sie noch da ist. Aber er hat nichts von dieser Anhänglichkeit, die er früher in solchen Momenten an den Tag gelegt hat. Seine Anhänglichkeit heute ist das gerade Anlehnen eines erwachsenen Menschen, irgendwie geläutert.

Als sie ihn fragen will, ob er eine Praline wolle, rutscht ihr ein »Richy« heraus. Sie erschrickt. Sie hatte das »Richy« schon den ganzen Abend auf Lager, aber jetzt ist es ihr herausgerutscht, und das war vielleicht noch ein wenig früh. Sie schaut in seine Richtung in der Befürchtung, daß der alte Name vor ihnen wie ein morscher Ast auf den Boden brechen würde. Aber »Richy« ist kein morscher Ast, im Gegenteil, er steht kräftig in der Luft zwischen ihm und ihr. Sie bekommt Gänsehaut. Und da sieht sie, daß er dem Wort nachschaut, ja tatsächlich – er schaut dem Atem nach, der seinen alten Namen trägt. Als sie das sieht, ist sie sich mit einem Schlag gewiß: Es wird alles wieder gut. Wenn er geradeaus bleibt, haben sie es überwunden. Sie atmet tief ein und streckt Richard die Pralinenschachtel hin.

Richard zögert. Er hat gerade eine neue Funktion seines Programms entdeckt, die wahrscheinlich dazugekommen ist, weil er eine neue Spielebene erreicht hat, denkt er und beglückwünscht sich. Die Worte, die aus Klaras Mund kamen, tauchten das Bild vom Grau des Kopfes abwärts in eine Farbe. Der Satz mit Richy und der Praline hat zwar ein kitschiges Pastell, eigentlich nicht wirklich eine geeignete Hintergrundfarbe, aber um diese neue Funktion zu lernen, ist eine solche Farbe gar nicht schlecht. Nach und nach rieseln die Worte das Bild hinunter und überziehen es glänzend. Er kann sich ein Strahlen nicht verkneifen – und wie das funktioniert – erstaunlich reibungslos.

Sie sieht sein Strahlen und nickt: Genau das habe ich auch gerade gedacht, Richy, genau das.

Um seine neue Variante auszuprobieren, muß er sie also zum Sprechen bringen. Gleich. Er greift in die Schachtel, lehnt sich zurück und beißt in eine Praline. Klara schaut zu Boden. Und als sie so nach unten schaut, rutschen ihre Gedanken kurz mit ab: Es ist wieder dasselbe, sie ist schon wieder dabei, sich für ihn zu beschneiden. Jetzt hat sie sich gerade bei dem Gedanken ertappt, Stefan zu vergessen, ihn doch nicht wieder zu treffen. Richards Geradeaus wird einknicken, sobald sie auch nur einen Gang zulegt. Das hält er nicht aus, er glaubt es sich selbst kaum, er ist es einfach nicht. Er ist es nur, wenn sie es will. Sie wird es noch eine Weile durchhalten, dann wird er schlaff wie feuchtes Baguette.

Als er heruntergeschluckt hat, denkt er: So und jetzt soll sie reden, damit das Bild seine Hintergrundfarbe wechselt. Für heute will er nur noch diese Spielebene perfektionieren, dann kann er ins Bett gehen. Morgen ist schließlich auch noch ein Tag. Wenn der Pralinensatz pastellig ist, dann besteht also eine Korrelation zwischen der Hintergrundfarbe des Bildes und der Bedeutung der Worte. Er will sie nun durch ihre gesamte Gefühlspalette führen. Heute ist das kein Problem, sie wird ihm folgen. Vielleicht fängt er mit einem leicht beunruhigten Gelb an. Er wird sie jetzt fragen, wie es Nora in der Uni gehe. Um das Gelb noch etwas ängstlicher einzufärben, könnte er vielleicht fragen, ob sie denke, daß dieses Umfeld ihr guttue,

wo sie doch so anfällig sei und sie sie jetzt, sobald sie ausgezogen sei, nicht mehr unter Kontrolle hätten. Und um ein wenig beruhigendes Grün ins Gelb zu mischen, müßte es etwas sein wie: Dann wird sie aber endlich gefordert, und das wird ihr Halt geben.
Aber die Farbe, die da herauskommt, gefällt ihm eigentlich gar nicht, sie ist dreckig, er sollte lieber einen Sprung in den nächsten Farbabschnitt versuchen. Für ein Feuerrot müßte er wahrscheinlich sagen, daß es eine andere Frau in seinem Leben gebe oder etwas Ähnliches. Er grinst – warum sollte er so etwas eigentlich nicht sagen? Die pummelige Praktikantin gestern nachmittag, die Krankenschwester, bei der er eine Vase für Hannahs Blumen geholt hat. In diesem Spiel ist alles erlaubt. Es geht nicht um den Gehalt der Sätze, sondern darum, welche Farbe ihre Antworten haben. Er muß nur aufpassen, daß er sie nicht zum Schweigen bringt. Und das mit der anderen Frau wäre vielleicht so ein Satz, der sie erst einmal verstummen ließe. In der jetzigen Phase sollte er für ein Feuerrot also etwas subtiler vorgehen, eine Fährte legen. Wenn der erste Satz einen wunden Punkt berührt, gleichzeitig ihre Neugier anstachelt, sie aber nicht zum Schweigen bringt, dann ist die Mischung perfekt. Gestern nacht zum Beispiel. Ja, das ist eine gute Fährte. Das ist der Weg ins Feuerrot.

Die Sitze in der U-Bahn sind dreckig. Hannahs Mantel ist kurz, ihr Rock ist noch kürzer, aber es ist ihr gleichgültig, sie hat keine Unterhose mehr an. Meistens strengt sie U-Bahn fahren an, vor allem dann, wenn die Menschen nicht eng gedrängt neben ihr stehen. In überfüllten Waggons geht es, da kann sie sich dem Gedränge überantworten und nur noch Oberarm sein oder Schulterblatt. Aber wenn die Waggons nur halb voll sind, so daß Raum zwischen sie und die anderen U-Bahn-Fahrer kommt und Hannah sie beobachten kann, dann bekommt sie jedesmal diese Reizüberflutung. Es fängt mit einem Schwirren in den Schläfen an. Dann muß sie an jedem einzelnen Mitfahrer hängenbleiben und seine Gesten lesen. Es sind Gesten wie Schlagzeilen, sie prägen sich ein, selbst wenn man sie nur streift. Sie fräsen sich in Hannahs Kopf, bis sie sich fühlt, als habe sie drei Stunden ohne Unterbrechung durchs Fernsehprogramm gezappt. Nach kurzer Zeit will sie dann nichts mehr als die Augen zumachen und schlafen. Aber genau das geht nicht. Diese Müdigkeit läßt sich nicht auflösen.
Jetzt ist es anders, jetzt ist sie wach. Der Waggon, in dem sie sitzt, ist genau in dem Maß gefüllt, daß sie jede Geste im Auge haben könnte. Ein paar Leute stehen, ein paar Leute sitzen – eigentlich die ideale Situation für ihre Reizüberflutung. Aber es passiert gar nichts, es hängt keine einzige Geschichte an ihren Lidern. Die Flut bleibt aus. Sie bleibt aus, weil sie gar nicht überflutet werden kann. Es ist nichts da zum Überfluten. Sie hat kein Land mehr in sich.

Sie ist wach. Dabei ist sie nicht ausgeschlafen, sondern sie wandelt durchs Wachsein. Wenn man sie aus dieser Wachheit wecken würde, würde sie wahrscheinlich in einen schockartigen Schlaf fallen. Ihre Augenlider sind so leicht, daß sie sich bald aus dem Staub machen werden, sie werden davonfliegen, spätestens, wenn das nächste Mal die Türen aufgehen. Aber sie werden nicht dynamisch durch den Waggon segeln wie kleine Drachenflieger, sondern trudeln, so federleicht sind sie. Wie fliegende Forellenschuppen. Sie werden durch den Waggon schweben, mal nach oben, mal nach unten – je nach Luftströmung. Und irgendwann wird sie der scheckige Köter da schräg gegenüber schnappen und sie dann wieder ausspucken, weil sie nicht schmecken, weil kein Fleisch an ihnen ist. Dann sind sie hin. Und sie muß ihr Leben lang wach bleiben. Aber das wäre gar nicht so schlimm, denn sie kann sowieso nicht mehr schlafen. Und dann geht es eben schneller. Was das genau ist, was dann schneller geht, weiß sie nicht.
Die U-Bahn bremst. Nächster Halt Wagnerstraße. Nachts fahren andere Menschen U-Bahn als tagsüber, aber nicht die, die ihre Mutter vermutet, nicht die, wegen denen ihre Mutter nach zehn Uhr nicht mehr U-Bahn fährt. Es ist halb zwölf. Sie versucht, die Augen zu schließen, aber es geht nicht, sie brennen. Sie wollte gar nicht schlafen, sie wollte nur etwas ausprobieren. Aber es ist sowieso gleichgültig.
So muß Nora sich fühlen. Nora hat schon lange kein Land mehr in sich. Sie hat nichts mehr, woran sie sich festmachen kann, weder irgend etwas, woran sie ein *in sich* festmachen konnte, noch – und das ist noch

viel schlimmer – ein *in sich*, was sich irgendwo festmachen konnte. Sie selbst hat zwar auch kein Land mehr, aber sie hat noch Haltemechanismen, die halten noch eine Weile, auch wenn nichts mehr dran hängt. Wenigstens sind sie noch da und funktionieren. Wenigstens überlegt sie sich noch, woran sie sich festmachen könnte, wenn sie schon kein Land mehr in sich hat. Der scheckige Hund gähnt und schaut Hannah dabei mitleidig an. Ein Hund wäre jetzt gut, der würde sie wieder Fuß fassen lassen, ein großer, schwerer, wasserscheuer Hund.

Irgendwann steigt sie aus, wendet sich wie eine Wachwandlerin nach rechts und läuft auf den einen Ausgang zu. Da hört sie den Wortlaut ihres Namens – »Hannah?«. Es ist nicht Stefans Stimme, mehr sagt ihr das Gehörte nicht. Die Fragen, die sie wach halten, kann nur Stefans Stimme beantworten. Alle anderen Stimmen sind keine Antworten, die zu ihr durchdringen, alle anderen Stimmen sind nur Geräusche für sie. Sie reagiert nicht, sie fühlt sich nicht angesprochen. »Hannah?« gehört Stefan, da täuscht sich jemand.
Da ist schon wieder dieses Wort. Die Wiederholung schafft es, etwas weiter durch ihren Wachzustand hindurchzukommen. Es ist nicht nur der Wortlaut ihres Namens, es ist ihr Name. Hinten links. Es gibt niemanden, der sie jetzt rufen könnte, niemanden außer Stefan. Sie dreht sich um. Links hinter ihr läuft Marc. Marc? Seltsam, heute erst hatte ihre Mutter von ihm gesprochen.
Marc schaut Hannah etwas entgeistert an, eigentlich

so, als könnte sie ihn dabei nicht sehen, als sei sie unter Vollnarkose. Er schaut sie nicht an, er beobachtet sie. Hannah bleibt stehen. Marc? Ihre Mutter hat so von ihm gesprochen, als sei er der Richtige für sie.
Marc kommt näher, doch das Näherkommen dauert eine Ewigkeit, seine Bewegungen scheinen verzögert und auseinandergezogen. Da steht Marc vor ihr.
Und kann sie nicht begrüßen. Schon an ihrem Gang hat er gesehen, daß sie zu weit weg ist in sich. Hannah steht regungslos vor ihm. Alles, was er jetzt mit ihr macht, findet in einem von ihr verlassenen Raum statt. Er muß sehr diskret sein, sie wird zurückkommen. Er wird sie nicht berühren, er wird einfach irgend etwas mit ihr reden. Wenn die Worte nur belanglos genug sind, werden sie keine Spuren hinterlassen: »Hallo, schön, dich zu sehen. Wo kommst du denn her?«
Als sie sagt, sie sei in der Oper gewesen, blitzt es in ihrer Mimik. Schnittmenge, Kreuzungspunkt – sie bricht mit der Stirn durch das Wachsein.
»Geht es dir nicht gut?«
Hannah antwortet nicht, starrt ihn nur an.
Da verändert sich auf einmal sein Gesichtsausdruck. Ihm scheint etwas durch den Kopf zu gehen. Er grinst: »Hast du was genommen?«
Hannahs Sturz durch das Wachsein dauert noch an. Es sind wirklich Forellenschuppen, ihre Lider trudeln vor ihr durch die Luft. Je näher sie dem Boden kommen, desto mehr spürt sie die Kälte unter ihrem Rock. Was denn genommen?
Sie ist so sehr mit diesem seltsamen Gefühl des Aufwachens beschäftigt, daß sie seine Frage nicht mit

sich in Verbindung setzen kann, obwohl sie auf einer anderen Ebene, die es nicht bis zu ihrer Zunge schafft, sehr wohl versteht, was er fragt.
Marc grinst ein wenig und legt seinen Kopf schief: »Du brauchst mich gar nicht so anzusehen, ich kenne das.«
Sie lächelt ihn an. Marc kennt ihn? Woher denn? Nein, natürlich kennt er ihn nicht. Aber trotzdem soll er bei ihr bleiben, mit ihr reden.
»Dann hat dir die Oper sicher noch mehr Spaß gemacht. Was war es denn?«
Sie gehen langsam nebeneinander die Treppen hinauf, der Strom der aussteigenden U-Bahn-Fahrer ist schon an ihnen vorbeigezogen. »Kalt war es«, spricht sie vor sich auf den Boden.
Er schüttelt den Kopf und legt seinen Arm um ihre Schulter: »Komm, Hannah, ich bringe dich jetzt nach Hause.«
Ihre trudelnde Wachheit nähert sich immer weiter der Ankunft am Boden. Sie ist Marc so dankbar, daß er bei ihr bleibt, daß er sie nach Hause bringt. Ihre Stimme wird müder, aber damit auch ein bißchen fester, klarer und greifbarer. Als sie das U-Bahn-Gebäude verlassen, weht Hannah die Abendluft ins Gesicht, und sie kommt auf dem kühlen Boden der Müdigkeit an. Irgendwie ging es dann doch ziemlich schnell. Marc geht eine Weile neben ihr her und macht den Klettverschluß seiner Tasche dabei auf und zu.
Hannah atmet. Das Wachsein verblaßt. Die Straße ist wieder die Straße, sie hört sogar das Vorbeifahren eines Wagens als das Vorbeifahren eines Wagens. Sie dreht den Kopf in die Richtung des Geräusches. Und

während sie dem Wagen nachschaut, denkt sie, genau das will sie nicht, sie will nicht aus ihrem Wachzustand aufwachen, sie will nicht abgelenkt werden. Sie will keinen Verkehr hören, sie will nicht müde werden, sie will in Stefan wach sein, in seiner Abwesenheit wach sein. Wenn sie jetzt müde wird, verläßt sie ihn, kommt zu sich zurück, und wenn sie einschläft, erholt sie sich von ihm – das will sie nicht. Sie will sich an seiner Abwesenheit erschöpfen. Das ist der einzig respektable Grund zu schlafen – nicht weil sie sich geborgen fühlt, weil Marc sie nach Hause bringt. Dort einzuschlafen ist nicht ihr Land, es ist ein Durchfahrtsland. Es ist wie Österreich, denkt Hannah, genau wie Österreich. Sie will nicht in einem Durchfahrtsland wie Österreich einschlafen. Sie will gar nicht mehr schlafen, bis sie angekommen ist. Bei Stefan. Jede Schlafpause ist vergeudete Zeit, Zurückweichen. Erst wenn sie völlig erschöpft ist, kann sie bei ihm ankommen. Dann kann sie in ihm schlafen und ihm am nächsten Morgen folgen, wenn er wieder verschwunden ist.

Nora raucht. Sie sitzt auf dem Brunnen in der Mitte des Opernplatzes. Sie mag diesen Platz nicht, sie ist nur hierher gekommen, weil sie hier verabredet ist. Sie sitzt auf den kalten Stufen. Sie wartet nicht.
Die Häuser um den Platz herum sind häßlich renoviert, die neuen Farben machen alles kaputt. Nora kratzt mit ihrem Schlüssel an einer Steinplatte herum. Aber was sollen diese sinnlosen Zuschreibungen, es ist gleichgültig, ob sie den Platz mag, es macht keinen Unterschied. Und überhaupt, eigentlich mag sie ihn, den Platz, die Palme im Brunnen ist groß und grün, und er ist rund. Aber ... ach, was soll's. Sie rutscht mit dem Schlüssel ab. Scheiße. Scheiß Steine. Warum ist sie überhaupt hier? Sie schmeißt ihre Zigarette vor sich auf den Boden und holt eine neue aus ihrer Anoraktasche, kramt noch ein bißchen tiefer, findet kein Feuer, steht auf und fragt einen Mann, der etwas abseits von ihr sitzt. Danke. Sie setzt sich wieder hin.
Da kommt ein Mann aus der Operngarage und geht über den Platz. Nora folgt ihm mit den Augen. Ihr Absatz. Die gesplitterte Frontscheibe. Sie erkennt den Mann, ohne den Effekt, den ein solches Erkennen nach sich zieht. Sie weiß einfach nur, wer er ist. Das ist der Mann, der gestern abend zu Besuch war. Der Mann, vor dem sie Hannah schützen wird: Stefan Braun – sie hat sich den Namen gemerkt, weil er nicht zu ihm paßt. Selbst ihre Mutter hat mit einem komischen Unterton von ihm gesprochen. Sie hat versucht, abwertend oder unbeteiligt zu klingen.

Die Schritte auf den Pflastersteinen. Das Spektrum. Seine Brutalität ist doch nicht kalkuliert, sondern experimentell. Natürlich ist sie nicht kalkuliert, man kann nicht kalkuliert zärtlich sein. Sie zieht an ihrer Zigarette, als Stefan aufschaut und sie entdeckt. Er korrigiert einen Zug um seinen Mund, dann bleibt er eine Weile stehen.

Als er auf sie zukommt, scheint es auch für ihn vollkommen natürlich zu sein, daß er ihr jetzt hier begegnet. Nora bleibt sitzen, ascht ab und zieht noch einmal an ihrer Zigarette. Daß er zu ihr kommen würde, wußte sie. Sie schaut ihn an, bis er bei ihr angekommen ist, obwohl ihr das schwerfällt, obwohl sie lieber auf ihre Zigarette geschaut hätte.

Er hat das Spiel aufgenommen und ebenfalls den Blick auf sie gerichtet, auch wenn er durch sie hindurchgeschaut hat die meiste Zeit. Das ist einfacher, das kann sie nicht.

Als er vor ihr stehenbleibt, haben sie schon die erste Runde hinter sich. Er sagt nichts, bis er sich neben sie gesetzt hat, dann sagt er: »Nora.«

Er hat rote Flecken im Gesicht und leicht verschwitzte Haare. Sie schaut auf seine Hände.

»Ich habe deine Schwester vorhin getroffen.«

Hannahs Blick in der Badewanne. In dem Moment, als er diesen Satz sagt, ist ihr auf einmal vollkommen klar, daß gestern abend etwas passiert sein mußte zwischen Hannah und ihm. Deswegen hat Hannah ihr nichts von diesem Abend erzählt, deswegen hat sie Mutters Ankündigung heute so aus der Bahn geworfen. Und daß Hannah ihn wiedersehen mußte – sofort –, war auch klar. »Ich weiß«, antwortet sie.

»Hat sie dir das erzählt?«
Er mußte diese Frage stellen, sie lag ihm auf der Zunge. Sein Blick hat es nicht gefragt. Es ist das Naheliegende. Es liegt fern, denkt er, bevor Nora antwortet – sie weiß es einfach.
Sie lächelt. Sie hat gesehen, daß er seine Frage auf halbem Weg zurückgepfiffen hat, daß er noch mal ansetzt: »Und wie war es, was meinst du?«
»Brutal«, sagt Nora, »aber das macht nichts. Sie kann da mithalten.«
»Ach«, sagt Stefan fast noch in ihren Satz hinein, »kann sie das?« Dann, um Tempo herauszunehmen: »Das ist ja interessant.«
Sie schaut ihn an und zieht an ihrer Zigarette. Was ihm alles so auf der Zunge liegt. Er scheint doch auch ein Choleriker zu sein. Oder er ist es einfach gewöhnt, so zu reden. Er scheint einen vollkommen eingerichteten Raum für solche Gespräche zu haben, alles andere – was auch immer das ist – findet hinter verschlossenen Türen statt. In einem Labor. Dort experimentiert er mit seiner Brutalität. Nein, nicht nur damit, er experimentiert dort mit seinem ganzen Spektrum. Er kann in beide Richtungen ausschlagen. Auch in Zärtlichkeit. Sie täuscht sich nicht. Sie kennt ihn. Sie will das Spektrum sehen. Aber sie scheint ihn gerade im mittleren Teil des Spektrums erwischt zu haben. Und gemäßigte Breitengrade interessieren sie nicht.
Sie schauen beide über den Platz. Er hat eine Weile geschwiegen, dann sagt er: »Also, ehrlich gesagt, Nora, ich weiß nicht, ob sie wirklich mithalten kann. Am Schluß war ihre Grenze erreicht.« Er dreht ihr seinen Kopf zu und lächelt provozierend.

»Natürlich«, sagt sie schnell, »das ist der Vorteil, den sie dir gegenüber hat. Sie läßt sich verletzen.«
Sie muß diese Sätze so schnell sagen, weil sie sie so schnell denken muß, um Hannah zu schützen.
»Aha«, sagt Stefan leicht spöttisch, »das wird ja immer interessanter, was du alles von dir gibst.«
Diese Sätze beruhigen sie für Hannah, es sind Sätze, auf denen Hannah sich ausruhen kann. Sie schaut ihn ungeduldig an.
Er hält kurz inne, sein Blick flackert, als er sagt: »Und ich lasse mich nicht verletzen?«
»Nein«, sagt sie wieder etwas zu schnell, »zu spät. Alles Hornhaut. Aber sie wird sie dir abhobeln, du wirst sehen. Sie wird dir nahekommen, sie wird dich einmal durch dein ganzes Spektrum begleiten, und dann wird sie wieder gehen – ganz sanft.«
Er dreht wieder seinen Kopf, schaut ihr durch die Augen und antwortet: »So sanft wie du ungefähr?«
Nora holt eine dritte Zigarette aus ihrem Anorak – wieso kommt sie jetzt mit ins Spiel, es geht um Hannah – und zündet sie an der zweiten an. Sie schmeißt den Stummel glühend auf den Platz. Als sie ausatmet, sagt sie so, als ginge es nicht um sie: »Ja, ungefähr so, nur ganz anders. Hannah hat noch ihren Körper.«
Stefan schaut auf den glühenden Stummel und sagt auch zu schnell und mit einem ironischen Ton: »Ach so, na ja, wenn sie noch einen Körper hat, dann ist ja alles klar.«
Sie schaut ihn von der Seite an. Sie fragt sich, warum ihn das wieder zurückgebracht hat. »Willst du hier schon aussteigen? Wir können hier aussteigen, wenn du willst.«

Er wendet sich ihr zu, schüttelt amüsiert den Kopf, und sie schauen sich kurz in die Augen, bevor er sagt: »Gib mir lieber eine Zigarette.«
Sie hält ihm die Zigarettenschachtel hin. »Genau deswegen fasziniert sie dich ja auch. Weil sie so weit geht wie du, aber ihr Körper ihr eine Schwerkraft gibt, die den Rausch aushält. Sie hat beides. Sie hält es aus. Du nicht, du hast deinen Körper nicht ausgehalten. Und jetzt ist er weg, verloren.« Sie überlegt eine Weile, dann fährt sie fort: »Du brauchst jetzt stärkere Reize, um ihn zu spüren. Das braucht sie nicht. Ihr Körper reagiert sofort. Er kann da sein und weg sein. Und du denkst, du hättest etwas in der Hand. Schau es dir an. Sie hat sich ganz gegeben, deswegen fehlt es ihr nur kurz.« Sie zieht an ihrer Zigarette. »Aber das kennst du ja auch. Deswegen wird sich das mit euch auch nicht auflösen. Es wird immer als offene Frage im Raum stehen.«
Stefan schaut auf den Platz, er hat die ganze Zeit, während sie gesprochen hat, auf den Platz geschaut. Er raucht und schweigt. Das ist die erste echte Antwort, denkt Nora.

Nach einer Weile taucht er wieder aus seinem Schweigen auf und schaut sie an, in die Augen: »Wie alt bist du?«
»Zwanzig. Und du?« fragt Nora.
»Vierzig.«
»Achtzig.«
»Hundertsechzig.«
Sie lachen. Sie schweigen.
Dann dreht er seinen Kopf, schaut ihr wieder in die

Augen – anders als vorher, ganz anders: »Das Fenster meines Wagens ist kaputt, Nora. Wir müssen also in mein Atelier hochgehen.«
Nora schaut weiter auf den Platz: »Ich war verabredet.« Sie raucht und bewegt sich nicht von der Stelle.
Nach einer Weile sagt sie, ohne ihn anzusehen: »Gehen wir.«
Sie stehen auf. Sie drückt ihre Zigarette aus, und er holt seine Schlüssel aus der Tasche.

Auf dem Eßtisch stehen zwei leere Espressotassen. Der Schaumrand ist eingetrocknet, in der einen ist noch ein ziemlich großer, mittelbraun gefärbter Rest Zucker auf dem Tassenboden. Es ist still im Haus, die Eltern schlafen schon. Es riecht nach Fleisch. Hannah geht in die Küche und holt sich eine Flasche Wasser aus dem Kühlschrank. Mutter hat gekocht und das Geschirr nicht weggeräumt. Es riecht süßlich, nach rohem Fleisch, so als hätte Mutter das Fleisch nicht gebraten. Sie sieht die Klinge durch das rohe Stück gleiten. Hannah trinkt Wasser aus der Flasche. Still. Sie will gar nicht wissen, wie es war. Das Wasser ist gut. Sie stellt die Flasche zurück in den Kühlschrank und geht hoch in ihr Zimmer. Schlafen wird sie nicht. Noras Zimmertür steht offen.

Nora geht durch den Raum hindurch in den hinteren Teil des Ateliers, zieht sich dabei ihren Anorak aus und wirft ihn über einen Stuhl. Dann knöpft sie ihr Hemd auf, hält kurz inne, geht zurück zu dem Stuhl und holt sich eine Zigarette aus der Schachtel in ihrem Anorak. Sie geht zum Sofa und zündet sich die Zigarette mit dem Feuerzeug an, das auf dem Sofatisch liegt. Sie zieht freihändig an ihrer Zigarette und knöpft dabei ihr Hemd weiter auf. Sie hat keinen BH an. Man sieht ihre Rippen und ein paar kleine, kreisrunde Wunden auf ihrem Oberkörper. Sie wirft das Hemd auf das Sofa.

Stefan schaut ihr dabei zu und zündet sich auch eine Zigarette an. Dann räumt er ein paar Bücher vom Sofa, hält die Rotweinflasche gegen das Licht und stellt sie zurück auf den Tisch – leer. Nora macht die Schnalle ihres Gürtels und den Reißverschluß ihrer Hose auf und zieht dann die Hose herunter. Stefan schaut sie an, dann geht er zu dem Regal mit seinen Videokasetten, sucht eine aus und legt sie in den Recorder. Er drückt den Startknopf des Recorders, kramt in einem Stapel von Zeitungen, leeren Chipstüten und offenen Videokassetten und sucht die Fernbedienung.

Plötzlich geht der Fernseher an. Stefan schaut auf, Nora sitzt nackt mit angezogenen Knien und Fernbedienung auf dem Sofa. Ein Manga. Stefan schaut auf den Fernseher, dann auf Nora. Sie ist weiß und dürr. Sie schauen sich an, lange. Dann setzt er sich neben sie aufs Sofa und nimmt die Fernbedienung aus ihrer Hand. Sein Blick fällt dabei auf ihre Arme – auch dort ein paar von den kleinen, kreisrunden Wunden, einige bereits vernarbt. Er fragt mit Blick auf die Wunden: »Ist das nur eine Sucht?«

»Das ist eine von vielen. Ich bin nicht genau danach süchtig, ich bin nur süchtig, mich zu spüren. Egal wie. Damit geht es im Moment am besten.«

»Im Moment?«

»Man darf nicht nach einer bestimmten Sache süchtig werden, sonst spürt man nur noch die und nicht mehr sich selbst. Das wird dann zur Gewohnheit, und dann fängt man wieder von vorne an. Wenn es mit den Süchten losgeht, ist es sowieso schon zu spät. Aber das muß ich dir nicht erzählen.« Nora schweigt, Stefan schaut sie die ganze Zeit an, dann sagt sie: »Deswegen sind wir doch jetzt hier, oder?«

Stefan lacht, dreht den Ton des Videos hoch, zieht an seiner Zigarette, ascht ab und fährt mit der kurzen Glut daumenbreit über der Haut ihres Oberarms entlang. Dann sagt er in einem veränderten Ton: »Du rauchst zuviel, Nora.«

Nora lacht, nimmt die Fernbedienung, ohne ihren Oberarm von der Stelle zu bewegen, macht den Ton noch lauter und sagt: »Und du siehst zuviel fern.«

Hannah wird ihm jetzt beweisen, daß sie nicht schon bei der ersten Probe aufgibt, daß sie viel weiter kann. Außerdem hat sie sowieso nicht geschlafen. Seine Härte im Restaurant war Teil des Spiels. Sonst hätte er nicht angerufen. Er will sie sehen, weil er Sehnsucht nach ihr hat. Eigentlich hatte sie sich ja vorgenommen, ihn erst einmal nicht mehr zu treffen. Sein Abbruch im Restaurant war so unerwartet, daß sie ihn falsch interpretiert hat. Der Abbruch war Teil des Spiels. Es war kein Abbruch, es war ein Schnitt. Nur dazu da, eine frische, grüne Schnittstelle zu bekommen. Damit sie besser Wasser ziehen können, damit sie länger blühen. Daß sie ihn daraufhin nicht mehr treffen wollte, war der falsche Zug. Komplett falsch – genau andersherum. Sie müßte ihm für den Schnitt dankbar sein, ohne ihn wäre sie einfach weiter vor sich hingestanden, abgestanden und hätte im Wasser stehend aufs Schlaffwerden gewartet. Bis sie einknicken und zu stinken beginnen würde. Sie hat vergessen, daß es das gemeinsame Fleisch ist, in das er schneidet. Es ist ihr gemeinsames Spiel, nicht sein Spiel. Sie hat es im Stich gelassen. Das wird sie jetzt wiedergutmachen. Sie spürt ihr Potential jetzt noch viel stärker als vorher. Der Schnitt hat ihr Kraft gegeben. Sie ist die Richtige. Nur sie. Nur mit ihr kann er richtig spielen. Sie ist so etwas wie ein Stoff, mit dem er sich kreuzt, um neue Erkenntnisse zu gewinnen. Darüber, wie weit Menschen gehen können. Sie sind füreinander gemacht. Vor Stefan muß und darf sie keine Verletzlichkeit heucheln, sonst schmeißt er sie hochkant heraus. Also gibt sie ihm gegenüber nicht mehr vor, irgendwelche Grenzen zu haben. Und er erreicht sie und kreuzt sich mit ihr. Das ist wie eine Erlösung.

Hannah steht vor der Tür seines Ateliers. Seine Schritte sind zu hören, viele Schritte, er war im hinteren Teil des Ateliers. Als die Schritte näher kommen, hört sie ihn reden. Ist er gar nicht allein? Mit wem redet er? Er öffnet die Tür, bleibt mit dem Arm am Türstock mitten in der Tür stehen, telefoniert und schaut sie an. Sie steht immer noch da, bewegt sich nicht von der Stelle. Erst als sie sich mit der Hand ans Ohr faßt, gibt er ihr ein Zeichen, daß sie durchgehen soll. Als sie an ihm vorbei ist, greift er ihr von hinten fest an den Hals und schiebt sie telefonierend vor sich her in den Raum hinein. Ihr Ohr ist genau so weit vom Hörer entfernt, daß sie eine Frauenstimme am anderen Ende der Leitung erkennen kann. Es stört sie nicht, im Gegenteil, es verstärkt das Gefühl der Verschwörung. Er legt auf und läßt sie los. Er hat am Telefon gelogen. Er hat gesagt, daß ein Kollege gerade etwas vorbeibrächte.
Sie bleibt vor dem Stuhl im vorderen Teil des Ateliers stehen – mit seinem Griff an ihrem Hals hätte sie nach hinten durchgehen können. So kann sie es nicht, obwohl er lügt, obwohl er für sie seine Frau anlügt oder irgendeine andere Frau. Stefan legt das Telefon auf den Tisch und sagt, ihr den Rücken zuwendend: »Ich will dich ab jetzt nur noch sehen, wenn du aus dem Bett kommst. Dein Mund braucht den Schlaf.«

Schlaf? Ausgerechnet. Sieht er nicht, daß sie nicht mehr schlafen kann, überhaupt nicht mehr, daß sie mit Schlaf nichts mehr am Hut hat?
Ihr Mund lächelt.
Wieso lächelt ihr Mund jetzt? Hat ihr Mund vielleicht geschlafen? Ausgerechnet ihr Mund? Das kann nicht sein.
Stefan dreht sich um und schaut ihr in die Augen. Mit diesem Blick. Dieser unlösbaren Nähe, der sie nie gerecht werden würden.
»Willst du fernsehen?«
Fernsehen? Fernsehen? Sie will jetzt nicht fernsehen.
Er geht zum Videorecorder und legt einen alten Schwarzweißfilm ein. Das Band ist nicht zurückgespult. Die Handlung läuft schon. Ein Liebesfilm. Die Sorte Film, die sie Sonntag nachmittags mag.
Als sie nicht reagiert, schaut er sie kurz an – da war es! da war es wieder! –, kommt dann auf sie zu, zieht ihr den Mantel aus, küßt sie auf die Stirn und zieht sie an ihrem Gürtel auf das Sofa im hinteren Teil des Ateliers. Und schaut sie nicht mehr an. Das Schlimme an diesem Blick ist, daß er aus reiner Gegenwart besteht und sofort erkaltet, wenn er verschwunden ist. Schaut er sie an, kann er eine Gewißheit geben, daß alles neben ihm zu zweifeln beginnt. Aber er hinterläßt keine Spuren. Jedes Wort scheint das Gefühl eher zu beschneiden, als es zu beschreiben. Jeder Versuch ihres Körpers grenzt mehr ein, als er andeutet. Nur ihr Blick. Alles andere sind kleine, lächerliche Brände, an denen sie sich nur die Finger verbrennen. Sie will jetzt in Flammen aufgehen. Aber: Nicht einmal ein kleiner Brand schwelt. Nichts. Gerade hätte sie noch alles ge-

tan. Sie will nicht fernsehen, sie will mit ihm sein, will ihn berühren, sich mit ihm berauschen.

Er kommt wieder auf sie zu, nimmt die Wodkaflasche, die auf dem Boden vor dem Sofa steht, und schraubt sie ihr zwischen die Beine. Die Flasche ist eiskalt. Ihre Schenkel geben ein wenig nach, aber nicht genug, um die Flasche sicher zu plazieren. Ihre Lippen frieren fest. Sie will keinen Wodka!

Stefan schaut ihr auf den Mund und macht mit der linken Hand ein Zeichen mit Daumen und Mittelfinger. Sie kann das Zeichen nur aus dem Augenwinkel erkennen, weil sie auf seine Augen starrt, die auf ihren Mund starren. Schau mich an, bitte Stefan, zeig mir unseren Blick! Das Zeichen mit Daumen und Mittelfinger bewegt sich und bedeutet: Öffnen, Hannah.

Nein! Hannahs Knie öffnen sich, und er schiebt die eiskalte Flasche zwischen ihre Beine, bis die Flasche auf dem Sofa steht und von ihren Oberschenkeln gehalten wird. Sie starrt auf ihre Knie, die so wenig Stolz haben, die sie so elend im Stich lassen. Dann fängt auch noch ihr Schoß an zu pulsieren und ihre Oberlippe gibt seinem Blick nach und zuckt. Sie will heulen, kann es aber nicht. Nicht einmal das »Nein« zeigt sich. Nichts. Sie hat es abgegeben, ihren Körper abgegeben.

Auf das Zucken scheint er gewartet zu haben. Er stößt sich mit seinem Blick von ihrem Mund ab, und ihre Lippen spannen sich an, um seinem Abstoß mehr Schwung zu geben. Auch das noch. So weit geht das, so weit. Er geht zu dem Schreibtisch in ihrem Rücken und macht seinen Computer an. Sie starrt auf den

Fernseher. Die junge Liz Taylor. Oh nein. Bei Liz Taylor denkt sie immer an die alte Liz Taylor. Die mit der entgleisten Figur aus den Zeitschriften beim Zahnarzt. Die vereiste Flasche schmilzt. Sie will die Flasche nehmen und an die Wand schmeißen. Sie kann nicht. Sie will zu ihm, weg.

Sie bleibt sitzen und versteinert. Sie hört, wie er ziemlich heftig auf der Tastatur hackt. Liz Taylor steht strahlend auf einem Fest, umgeben von Menschen. Das Hacken klingt merkwürdig und dringt erst nach einer Weile zu ihr durch. Montgomery Clift kommt ins Zimmer. Es dauert, bis sie den Morsecode der Tastatur entziffert hat. Montgomery Clift und die junge Liz Taylor küssen sich. Die Kamera dreht sich um diesen Kuß, in diesen Kuß hinein. Das ist kein Schreiben, das ist kein Zeichnen – das ist ein Computerspiel! Stefan schießt auf Flugzeuge. Der Bildschirm verschwimmt. Er schießt auf Flugzeuge, und sie kann sich nicht umdrehen, weil sie sich mit diesem Blick entlarven würde – sich, nicht ihn, das ist der Witz. Das Hacken wird lauter. Er flucht kurz, hat wahrscheinlich danebengeschossen. Es ist eindeutig: Er will, daß sie diesen Code knackt. Das gehört dazu. Entweder sie spielt mit, oder sie ist raus. Der Blick zurück würde sie feuern. Sie starrt weiter auf den Bildschirm. Nur noch der Umriß eines Paares.

Es dämmert. Eine Wand schiebt sich zwischen sie und den Fernseher. An der Wand zeichnen sich Äste ab, sie bewegen sich, es ist Wind. Vor der Oper steht kein Baum. Kein Stefan. Sie liegt im Bett. Im Haus ihrer Eltern. Sie ist immer noch wach. Es ist schon wieder hell. Taghell. Ihre Lippen sind zusammengepreßt, die

Faust liegt zwischen den Beinen. Plötzlich hört sie in der Ferne die Frauenstimme wieder, die Stimme von vorhin, vom Telefon. Sie kann nicht entziffern, was die Stimme sagt, nur einzelne Fetzen: Irgend etwas von »gestolpert« und »Pflaster«. Sie kennt diese Stimme. Wieso ist ihr das vorhin nicht aufgefallen. Es ist die Stimme ihrer ... Gehört die Stimme ihrer Mutter? War das ihre Mutter am Telefon mit Stefan?

Klara schaut auf die Uhr. »Kommst du jetzt erst nach Hause, Nora? Du siehst verheerend aus.«
Nora steht auf dem Gang und dreht sich um, sie will jetzt in die Dusche. Schnell.
Klara schenkt eine Tasse Tee ein und geht auf Nora zu. Nora bleibt stehen. Wieso muß Nora ihr das antun? Gerade heute, wo Richard wieder da ist. Muß sich Nora immer so in den Vordergrund drängen? Warum kann sie heute nicht mit frischgewaschenen Haaren am Tisch sitzen? Als sie Nora den Tee in die Hand drücken will, fällt ihr Blick auf eine große Brandwunde an Noras Hals. »Was ist das, Nora? Hast du dich verbrannt?«
»Gestolpert.«
»Gestolpert?«
Das ist ja lächerlich. Das macht keinen Sinn, überhaupt keinen Sinn. Das ist eine Brandwunde am Hals. Ihre Tochter will sie wieder einmal für dumm verkaufen. Aber sie wird ihr nicht den Gefallen tun nachzuhaken. Die Brandwunde soll ihr das Frühstück mit Vater verhageln.
»Dann hol dir eine Brandsalbe aus dem Schränkchen im Bad, und mach wenigstens ein Pflaster drauf!«
Klara dreht sich um und geht zurück in die Küche. Sie füllt die Orangenmarmelade in ein Kristallschälchen. Sie weiß schon, was los ist, sie ist ja nicht blind. Nora will damit Aufmerksamkeit erregen. Aber erpressen läßt sie sich nicht. Vater vielleicht, aber sie nicht. Sie läßt sich das gemeinsame Frühstück nicht verderben.

Nicht wegen einer Brandwunde! Das wäre ja noch schöner.
Nora steht auf und geht nach oben ins Bad. Sie hört, wie ihr Vater sich rasiert. In Hannahs Zimmer gehen Schubladen auf und zu. Sie zieht sich wahrscheinlich gerade Socken an. Gestern abend war sie noch mit Stefan zusammen, und jetzt zieht sie sich Socken an, so als wäre es ein Morgen wie jeder andere. Sie muß verhindern, daß Hannah Stefan wiedertrifft.
Nora geht ins Bad und setzt sich in die Badewanne, während das Wasser einläuft. Mutter findet es eine Zumutung, wenn sie sich verletzt. Eigentlich nicht, wenn sie sich verletzt, sondern wenn sich ihre Verletzungen zeigen. Dabei will sie ihre Verletzungen gar nicht zeigen. Sie sind zu wertvoll. Stefan sollte es sehen. Deswegen hat sie es ihm gezeigt. Und er hat sie gesehen und darauf geantwortet. Mit der ganzen Wucht der Frage.
Ihre Mutter würde nicht darauf antworten, weil sie die Frage gar nicht verstehen könnte, sie würde sie nur entweihen. Das Erstaunliche ist, daß die Wunden ihre Mutter scheinbar beleidigen, obwohl sie überhaupt nicht für sie bestimmt sind. Ihre Mutter bezieht die Wunden auf sich selbst, findet sie egoistisch, findet Grenzsetzungen egoistisch, findet es egoistisch, wenn man ablehnt, auf sich selbst zu verzichten. Ihre Mutter ist felsenfest davon überzeugt, daß man sich nur dann verletzen kann, wenn man nicht auf sich selbst verzichtet. Und daß man die anderen verletzt, wenn man sich selbst verletzt. Darum verzichtet sie.
Sie wird sich nicht mit dem Verzicht arrangieren. Niemals. Es gibt eine Möglichkeit, dem Verzicht zu ent-

gehen. Sie gibt nicht vor, es nicht gewesen zu sein. Die Wunden sind ihre Spur. Sie spotten dem Verzicht, weil sie ihrem Körper vergewissern, daß er sich nur unter größten Schmerzen verabschiedet, weil sie ihr zeigen, daß sie ihren Körper vor dem Verschwinden verteidigen. Auch gegen ihn selbst. Um die Macht der gutgemeinten Invasionen nicht auszuweiten, muß sie ihren Körper abfackeln, weil die Invasionen dann mit draufgehen, nicht alle – sie hat keine Lösungsutopien –, aber einige. Das ist sinnlos, aber nicht unerträglich. Die Invasionen zu beherbergen in ihr und auf ihr – das ist unerträglich.

Sie dreht den Wasserhahn ab. Alles tut weh. Sie spürt jeden Knochen, sie spürt die Knochen nicht einzeln, sondern in ihren losen Verbindungen, sie spürt, daß die Fußknöchel über die Schien- und Wadenbeine und die Kniegelenke mit den Oberschenkelknochen und den Hüftschalen verbunden sind. Sie wundert sich, daß all diese Knochen immer an ihrem Platz bleiben, mehr oder weniger jedenfalls, daß sie nicht wandern, so lose, wie sie sind. Sie spürt die Knorpel in den Gelenken. Die Knorpel sind wie gesplittertes Verbundglas. Sie sehen genauso aus wie die Frontscheibe von Stefans Wagen. Sie will ihr Becken in der Mitte auseinanderbrechen, wie eines dieser Brötchen, die eine Linie in der Mitte haben. Sie hat die Menschen noch nie verstanden, die diese Brötchen mit dem Messer längs durchschneiden. Das sind Menschen mit Wohnzimmern. Man bricht diese Brötchen. Kann man seine eigene Hüfte auseinanderbrechen? Wie lange muß man dafür trainieren? Wie viele Stunden am Tag? Was für Muskeln braucht man dafür? Muß sie dafür Eiweiß essen? Eiweiß? Wie widerlich! Wie unendlich widerlich. Sie ekelt sich vor Eiern wie vor nichts anderem. Ihr Magen krampft sich zusammen. Es glibbert in ihren Gelenken, rund um ihre Knochen, überall dieser Eiweißglibber. Jetzt geht das wieder los. Schnell untertauchen.

Doch als sie gerade ihren Kopf in den Schaum gleiten lassen will, springt sie mit einem Satz aus der Wanne: Der Schaum! Reines, geschlagenes Eiweiß!

Sie rennt in die Dusche und duscht so heiß, daß ihre Haut in Sekundenschnelle feuerrot wird. Das ist gut. Das Rot vertreibt das Weiß. Rot beruhigt. Als der letzte Rest des weißen Schaums im Abfluß verschwunden ist, legt sie ihren Kopf in den Nacken und läßt sich das brühheiße Wasser über das Gesicht laufen. Ihr Mund ist leicht geöffnet, sie kneift die Augen nicht zusammen. Als sie so dasteht, verhallt der Ekel. Nachdem er noch ein paarmal aufgeblitzt ist, zieht er ab. Die Luft klärt sich. Sie steht im Regen.

Sie spürt ihre Haut! Auf einmal. Sie kann sich nicht erinnern, ihre Haut je so gespürt zu haben. Sie nimmt ihre Haut nicht mehr als Ganzes wahr. Sie spürt nur noch einzelne Hautpartien, die in schnellen Intervallen nacheinander aufleuchten. Ihre Kopfhaut – ein engmaschiges Sieb, das sich langsam aufheizt. Die Haut zwischen ihren mittleren Zehen. Ihre linke Handinnenfläche – ein Seestern, trocken, lauter kleine Risse. Ihre rechte Handinnenfläche spürt sie nicht. Und die Haut über ihrer rechten Kniescheibe – glattgezogener, hauchdünner Teig, der an einer Stelle gerissen ist. Von allein. Endlich. Ihre Haut gaukelt keine Geschlossenheit mehr vor. Keine Schlüssigkeit. Stefan hat es ihr abgenommen – und sie ihm, das war klar, die ganze Zeit über, auch in den brenzligen Situationen oder besser: gerade in ihnen. Ob sie ihm dafür dankbar sein soll?

Dankbar? Wenn sie es sich so überlegt: Er verlängert es nur. Er macht es nur schlimmer. Menschen wie Stefan sind genau solche, von denen sie sich am dringendsten fernhalten sollte. Sie darf es sich nicht abnehmen lassen. Sie darf nicht ausruhen. Sie muß da wieder raus. Sie dreht den Hahn ruckartig ab und steigt aus der Dusche.

Plötzlich steht Hannah im Bad und starrt auf Noras nackten Körper. Nora richtet sich auf und bleibt vor Hannah stehen. Frische Wunden leuchten auf der weißen Haut. Hannah zuckt zusammen, hält sich die Hände an die Ohren und fragt: »Wer ...? Wer war das?«

Nora schaut Hannah lange mit einem festen Blick an. Dann sagt sie: »Er.«

»Er? ... Wer er?«

»Das weißt du.«

»Woher soll ich ...?«

»Hannah ...«

»Nein, ich ...«

»Hannah ...«

Hannah starrt Nora blind an. Sie sieht gar nichts, gar nichts. Sie kneift die Augen zusammen: »Wer ...?« Dann auf einmal reißt die Haut über ihren Pupillen, und es wird schwarz. Von ganz hinten aus dem Schwarz kommt es auf sie zu. Am Anfang in Zeitlupe, dann immer schneller, immer schneller. Noch schneller.

Nora dreht sich um, greift sich ein Handtuch und wickelt es sich um den Körper. Hannah preßt die Hände gegen die Ohren: »Nein! ... Warum hat er dir das angetan?«

»Es ist egal. Ich habe es gewollt.«

Hannah weicht einen Schritt zurück.

»Es ist vorbei.«

»Was? Was ist vorbei?«

»Wir werden ihn nicht mehr sehen. Ich nicht mehr und du nicht mehr. Ich habe es ihm gesagt, vor einer Stunde.«
»Wir? Wieso denn? Wieso vor einer Stunde? Warst du ...? Hast du ...?«
Hannah setzt sich auf den Badewannenrand. Die Murmel dreht sich so schnell in ihrem Magen, daß ihr schlecht wird. Sie krümmt sich zusammen. Sie starrt auf den gekachelten Boden. Die Murmel dreht sich immer schneller. Sie ist aus Metall, eiskalt. Die Leere. Es stürmt durch ihren Magen hindurch. Es würgt sie. Gleich wird der Sturm alles aus ihr herausfegen, auch noch den letzten Rest. Das Würgen wird stärker, sie stürzt zur Kloschüssel. Sie kotzt. Nora beugt sich über sie, hält ihr die Stirn. Es kommt kaum etwas. Nur Galle, keine Murmel.

Sie sitzen beide nebeneinander auf dem Badewannenrand. Da packt Nora Hannah an den Schultern: »Hör mir zu, Hannah, du darfst ihn nicht wiedersehen, nie wieder! Er wird dich in eine Wüste verwandeln.«
»Nein. Nein, Nora. Bitte.« Hannah sinkt in sich zusammen und schweigt. Dann sagt sie: »Warum hast du mit ihm ...? Hast du nicht, gewußt, daß wir ...?«
»Doch. Deswegen.«
»Was – deswegen? Was redest du? Mir ist so schwindelig.« Hannah laufen die Tränen übers Gesicht. »Das ist das Schlimmste. Das ist genau der Moment, vor dem ich immer solche ... Wir beide müssen doch wenigstens ... Warum, warum er? Warum nur?« Hannah krümmt sich über den Badewannenrand, ihr Schluchzen wird lauter.

Nora hat Hannah losgelassen, starrt jetzt in die Badewanne: »Ich werde es ihm heimzahlen.«
»Nein, bitte nicht! Bitte nicht!«
In Hannahs Satz hinein steht Nora auf und geht nach unten.
»Nora? Wohin gehst ...?«
Hannah bleibt gekrümmt sitzen.
Dann steht sie auf und geht mit leerem Blick hinterher.

Der Lachs liegt geräuchert auf der Platte mit einer halben Zitrone. Rosa. Gelb. Die Kerze unter dem Stövchen mit der Teekanne brennt. Vaters Arm, der der Mutter Kaffee eingießt. Es dampft. Keine Wolke weit und breit. Durch das gekippte Fenster kommt kühle Luft ins Eßzimmer. Die Mutter nickt, lächelt und hebt die Hand. In der Mitte des Eßtisches stehen hartgekochte Eier in Scheiben geschnitten. Keine Spiegeleier. Hartgekochte Eier, abgekühlt. Auf jeder Eierscheibe liegt ein Kressesträußchen. Weiß. Ocker. Grün. Daneben steht eine kleine Schale mit Mayonnaise. In dem Fett steckt ein Perlmuttlöffel. Beige in Beige. Die Hand der Mutter führt eine Eierscheibe in den Mund, sie schluckt, ein Stück Muster zeigt sich auf dem Tellerboden. Der Mund des Vaters bewegt sich, gleichzeitig schwenkt sein Arm mit der Kaffeekanne zurück – den Schwung weiterzeichnend den Tisch entlang – Tischkante –

Nora.

Nora war schon da, als sie sich hingesetzt hat. Aber Nora ist so weit weg, sie kann sie nicht richtig sehen. Ihr ist ein bißchen schwindelig. Es ist Frühstück. Ihre Eltern sitzen am Tisch. Hannah kneift die Augen zusammen. Noras Konturen sind irgendwie aus dem Bild herausgeschabt. Die Schabespuren sehen aus wie Noras Handschrift. Hannah muß sofort zu ihr! Ohne Nora ... Hannah reißt die Augen auf und versucht, mit ihrem Blick in die herausgeschabten Furchen zu tauchen. Aber es funktioniert nicht. Ihr Blick kann

nicht tauchen, er kann nicht einmal tasten, er streift nur darüber. Ihr ist schwindelig.
Da bläst Nora Luft in ihre Wangen, und die Furchen ihres Gesichts füllen sich und werden zu hauchdünnen Linien. Die Linien sind zwar kaum wahrnehmbar, aber sie sind da. Auf der Fläche. Nora ist da. Nora zwinkert. Das Zwinkern ist unendlich weit weg. Hannah steigen Tränen in die Augen. Nora! Es wird heilen. Du wolltest es nicht. Wir gehen gemeinsam. Du und ich. Zu ihm.
Nora läßt die Luft wieder aus den Wangen, und die Furchen ziehen sich erneut durch das Bild. Kantig geschabte Stellen, die den Körper nachzeichnen, und kleine, runde Stellen, um die herum das Bild angeschmirgelt ist. Die Wunden. Es sind Brandwunden. Kleine, runde Brandwunden. Die große schwarze Furche am Hals.
Ein Ornament auf der Tischdecke. Die gleiche Form. Rot. Weiß. Das Rot verschwimmt.

Hannah schaut so komisch, denkt Nora. Ihr Blick ist so leer. Hannahs Blick sieht aus wie ihr eigener. Das ist das Schlimmste, was passieren kann. Hannah darf nicht so einen Blick haben. Denn wenn Hannah ihren Blick bekommt, dann verlieren ihre Gedanken. Nur Hannah kann ihnen noch einen Ort geben. Wenn Hannah jetzt ...
Stefan soll Hannah in Ruhe lassen. Sie wird es nicht zulassen. Sie wird verhindern, daß sie ihn wiedersieht. Hannah ist das Glückskind. Wenn Hannah vor die Hunde geht, dann ist alles vorbei. Genau das will er. Nur dann spürt er sich noch. Vor der letzten Nacht

dachte sie noch, Hannah ginge als Siegerin aus diesem Spiel. Gestärkt. Gewappnet. Ha! Lächerlich! Jedes einzelne Wort ist lächerlich. Siegerin – wie in einer Wagner-Oper. Er wird sie zerstören. Vielleicht hat er damit schon begonnen. Vielleicht hat sie deswegen jetzt diesen Blick. Er weiß doch genau, daß es nicht funktionieren wird, daß seine Gleichgültigkeit ihn schon besiegt hat. Er hat keine Illusionen mehr. Aber das ist ihm egal. Er probiert es einfach. Er wird sie anlocken, und dann wird er ihr diese Leere zeigen. In vollem Ausmaß wird er sie vor ihr klaffen lassen. Das ganze Spektrum – omnipotent und leer. Das kann Hannah nicht ertragen, keine Sekunde lang. Sie wird sofort anfangen, ihn aufzufüllen, bis in ihr nichts mehr übrigbleibt. Sie wird denken, daß sie mit der Leere besser zurechtkommt, daß sie übervoll ist und die Leere in sich aufnehmen und dort beackern, bepflanzen, bewässern kann. Und er wird sie in sich nicht ertragen können und sie wieder ausleeren. Es bleibt also nichts übrig, weder unter noch über dem Strich, wahrscheinlich noch nicht einmal der Strich selbst. Das kann Hannah nicht wollen. Hannah hat doch einen Körper, Hannah ist ihr Glückskind, ihr Pluspol. Pluspol.

Oh nein – ja genau: schwarz oder weiß, ja oder nein, bloß kein »und«, immer ein »oder«. So etwas Lächerliches. Was sollen die Pole überhaupt? Südpol, Nordpol. Ja, ja, sie weiß, Expeditionen, Ozonloch, Magnetnadeln, Eisbären, gefrorene Barthaare und so weiter, alles Bilder aus diesen Fernsehdokumentationen, als ob das so funktionieren würde, die meint sie nicht, verdammt noch mal, die meint sie nicht!

Plötzlich fängt der Vater an, über seine Unizeiten zu sprechen. Mehrere Fragen in Noras Richtung. Ob Nora einen bestimmten Professor kenne.
Mitten in ihre Gedanken hinein. Nicht jetzt! Seine Worte sind zu laut, viel zu laut! Sie schaut an sich herunter. Der Worthagel hat sie zersiebt und ist auf dem Teller vor ihr gelandet. So als hätte sie ihm nichts entgegenzusetzen. Nur noch die letzten paar Fetzen aufs Trockene gerafft – Ozonloch, Barthaardoku. Die falschen Fetzen, die falschen.
Und die Hagelkörner sind nicht einmal fest, sie tauen sofort. Diese Feiglinge. Sie verschwimmen auf ihrem Teller. Alles eine Suppe. Und jetzt rieseln ihre Gedanken hinterher. Natürlich. Wohin denn sonst? In die Lache von Vaters Worten. Dort schwimmen sie jetzt mit den Toastkrümeln, denen es nicht anders geht, die auch aufweichen. Das ist unerträglich. Sie will ihre Gedanken retten, aber dafür müßte sie in Vaters Wortsaft fischen. Das wird sie nicht tun, so weit bekommt er sie nicht. Sie wird es ihm jetzt heimzahlen.
Blitzschnell umrundet sie seine Iris und ritzt den blauen Kreis an. Parallel in beiden Augen. Eigentlich müßte es jetzt »plopp« machen und »plopp«. Auf den Teller. Väterliche Augen hageln. Sie wartet. Kein »plopp«. Nichts. Sie hat in die Luft geschnitten. Verdammt! Das mit Hannah ist lebenswichtig, sie läßt nicht zu, daß Vater ihr diese Gedanken zersiebt. Sie muß sich schnell wieder konzentrieren, sie muß den Rest zusammenhalten. Sie starrt auf die Lache in ihrem Teller. Wenn sie jetzt wenigstens eine tiefere Schale hätte und nicht diesen flachen Teller, der kaum Wasser faßt. Das Wasser wird gleich über den Teller-

rand treten, mitsamt den Gedanken, die Hannah retten sollen. Dann ist es vorbei. Es war noch vage. Vage? Was war vage? Sie preßt ihre Hände gegen die Schläfen. Oh nein, nicht einmal die Fragen sind trokken geblieben. Das Bild von Hannah wird schon unleserlicher, gleich wird es davonschwimmen. Sie muß jetzt danach greifen, obwohl sie ihrem Vater genau diesen Gefallen nicht tun wollte. Mit der Hand in die Lache. Mitten hinein. Ist das widerlich!
Und – nichts! Es hat nichts gebracht, es zerrinnt zwischen den Fingern. Nur Butter am Mittelfinger. Hellbeige. Es würgt sie. Hannah ist weg. Hannah –
Klara räuspert sich. Nora solle sich zusammenreißen und antworten. Mit dem Pflaster am Hals allein sei es nicht getan.
Nora wird Vater jetzt antworten und ihm damit die Stimmbänder durchtrennen.
Klara räuspert sich noch einmal und fragt Nora dann: »Tee?« Danach wendet sie sich Hannah zu und fragt: »Du auch einen Schluck?«
Tee? Hannah trinkt doch gar keinen Tee zum Frühstück. Hannah hebt ihren Becher mit der Milch, schaut hinein – zwischen dem Himmelblau und dem Becher klafft ein großer Spalt. Da muß es jemand eilig gehabt haben mit dem Malen. Sie muß lächeln: »Nein, danke. Ich hab' noch. Himmelblau.«
Klara runzelt die Stirn: »Was?«
Nora starrt auf den Tisch. Wenn Vater es ihr schon zerstört hat, dann muß sie es eben aus den Versatzstücken rekonstruieren. Sie muß sich konzentrieren. Sie preßt die Handflächen noch fester auf die Schläfen, aber es tropft nur ein Wort aus der Presse:

Ozonloch –
Ozonloch? So ein Quatsch. Das passiert jedesmal, wenn Vater mit ihr redet. Sie will ihm diese Macht nicht geben. Sie will sich erinnern, an irgend etwas erinnern, an ein Wort wenigstens, das ihr hilft –
Glückskind –
Glückskind? Das ist völlig abwegig, was soll das heißen – Glückskind?

Hannah schaut auf den Mund ihrer Mutter, dann auf den Mund ihres Vaters. Die Münder bewegen sich, sie reden miteinander. Das Rot ist inzwischen ganz verschwommen. Nur noch Weiß. Hellgrün.
Ihre Eltern reden miteinander, als ob sie sich noch eine Chance geben würden. Keinen Pfifferling wert. Nicht einmal zerhackt im Rührei. Wenn es hier Rührei geben würde, aber noch nicht einmal das gibt es. Hartgekocht. Kein Platz für Pfifferlinge. Aber das ändert auch nichts. Der Pfifferling ist ihr egal. Es war nur ein kleiner Dreh, und alles ist anders. Das Fenster ist einen Spaltbreit offen. Die Eltern sprechen. Und es gewittert nicht. Jetzt kann sie zu Stefan gehen. Mit Nora ...
Soll sie Nora jetzt rufen? Nein, das wäre kein Ruf, das wäre ein Schrei, oder man würde gar nichts hören. Vielleicht muß sie etwas weiter weggehen. Hannah lehnt sich auf ihrem Stuhl so weit nach hinten, wie es nur geht. Aber es lichtet sich nicht. Und das, obwohl es gar nicht dunkel ist dort, jenseits der Konturen, sondern hell. Zu hell. Noras Körper sieht irgendwie überlichtet aus.
Das Muster auf dem Tellerboden ist jetzt fast ganz

sichtbar, es ergibt kein Bild, es sind nur Ornamente, die sich wiederholen. Das Rot wird immer blasser. Die Mutter hat schon das dritte Brot mit hartgekochten, in Scheiben geschnittenen Eiern gegessen. Verschwunden zwischen dem Lippenstift. Farblos. Ein Kressesträußchen zwischen dem vorderen und dem linken Schneidezahn. Weiß. Grün. Weiß.
Vater nimmt die Zeitung. Rascheln. Vaters Finger auf der rauhen Zeitung. Haut. Hellgrau. Seufzen. Vaters Stimme, Mutters Stimme.
Mutters Stimme. Stefan.
Mutters Stimme. Mein Liebhaber.

Das Weiß von Mutters Zähnen und das Grün der Kresse bewegen sich. Ein grünlicher Schweif dreht sich durch den Raum. Immer schneller. Ein dumpfer Schlag gegen ihre Stirn. Der grüne Schweif.

»Oh Gott, sie ist um...gekippt. Ha...? Han...nah? Was ist ... dir? Hallo? Kannst du ... hören?«

Nora, lauter: »Notarzt, ruft einen Notarzt. Schnell! Sie blutet! Ihr Kopf blutet!«

Es wird eiskalt. Gleißende Kälte. Das Zwielicht lichtet sich, der Schweif verschwindet und wird zur hellgrün gestrichenen Wand des Eßzimmers – die Fensterscheiben.

Ich habe ein Geheimnis. Es hat sich schon einige Male früher gezeigt, doch das war nur die Spitze des Eisbergs. Die Ausmaße habe ich da noch nicht geahnt. Mein Geheimnis lautet: Ich bin nicht verletzbar.

Meine Schmerzgrenze hat sich nicht verabschiedet. Sie ist einfach weg. Niemand erreicht mich mehr. Ich bin nicht stolz darauf, es ist mir passiert. Ich darf es nur niemandem verraten, sonst kommen sie mir auf die Schliche. Ich habe keine Angst, daß sie versuchen werden, mich noch mehr zu verletzen. Das wäre mir gleichgültig. Meine Unverletzlichkeit ist keine Frage der Quantität, sie ist allumfassender. Ich habe nur Angst davor, daß sie merken, daß ich Verletzungen heuchle. Eigentlich habe ich die Grenzüberschreitungen der anderen Seite schon immer simuliert, wenn mir ein Gespräch oder eine Situation langweilig wurde. Dann weine ich oder tobe. Und mein Körper spielt mit. Manchmal blinzele ich dann hinter dem Tränenvorhang in meinen Augen hervor. Wenn ich mir dann die Gesichter der anderen Seite so anschaue, denke ich, an ihren Mienen Zweifel ablesen zu können. Sie kaufen es mir nicht ab. Sie kennen den Mechanismus. Sie erkennen sich selbst wieder. Sie haben auch etwas zu verbergen. Ich bin also außer Gefahr, denn wenn sie mich entlarvten, dann würden sie selbst auffliegen.

Manchmal verletze ich die andere Seite und schaue, ob es noch Grenzen zu überschreiten gibt. Aber ich bekomme einfach keine überzeugenden Reaktionen.

Die Reaktionen sind gespielt. Die Menschen auf der anderen Seite haben keine Grenzen mehr. Entweder sind sie vollkommen grenzenlos, oder sie grenzen nur noch an sich selbst an. In beiden Fällen werden zwar ab und zu Grenzen gesetzt, aber nur um nicht aus der Übung zu kommen oder weil man es eben so macht oder um den anderen wieder in die Handlungslage zu bringen. Doch diese Versuche sind völlig willkürlich und überhaupt nicht gekonnt.

Da ich keine Grenzüberschreitungen wahrnehme, muß ich sie willkürlich setzen: »So, jetzt ist es genug. Das war's. Das war ein Quentchen zuviel« – irgendwie so etwas. Diese Setzungen sind meistens zu abrupt. Die anderen schöpfen fast immer Verdacht. Wenn ich mich verletzt zeige, schauen sie mich kurz skeptisch an und ziehen dann die Zügel straffer, um mir zu zeigen, daß sie sich das nicht gefallen lassen. Oder sie reagieren gar nicht auf meine Grenzsetzungen, gehen einfach von ihrer Abwesenheit aus. Sie breiten ihre Landkarten über mich aus und pausen ihre Grenzen auf mein Land ab. Jede Begegnung findet dann auf ihrem Terrain statt, und es nützt gar nichts, Verletztheit zu simulieren. Bis ihre Grenze nicht überschritten ist, hören sie nicht auf. Ich kann dann nur noch Haken durch die Wortsalven und schweigenden Löcher schlagen, bis ich über ihre Landkarte hinausgerannt bin und sie mich aus den Augen verloren haben. Ich stürze über die Kante ihrer Karte ab und falle auf fremdes Terrain, auf ein Niemandsland. Dann habe ich Angst um mein Leben. Wenn ich mein Land irgendwann wiederfinde, kann ich dort nicht ankommen. Solange die fremden Markierungen nicht verblaßt sind, verachte ich es, verachte ich mich. Ich verachte mich dafür, daß ich es zugelassen habe. Das ist schon schlimm, aber es verletzt mich nicht. Überhaupt nicht. Ich weiß, daß das erstaunlich klingt, aber es geht. Es ist mein Geheimnis.

Nora rennt dem Rettungswagen hinterher. Als er die Sirene einschaltet und um die Ecke biegt, rennt sie einfach weiter. Sie rennt, so schnell sie kann. Als sie in die erste größere Straße einbiegt, wird ihr Schritt rhythmischer. Sie rennt in einem dünnen Hemd. Ihr Gesicht färbt sich rötlich. Ihr Scheitel leuchtet weiß. Die Haare hängen ihr ins Gesicht. Sie faßt im Lauf in ihre Hosentasche, zieht ein Päckchen Streichhölzer heraus, schaut sie sich kurz an, steckt sie wieder zurück und rennt weiter. Sie wird Stefan jetzt in Brand stecken! Mit ihrer Mutter! Sie wird die ganze Oper abbrennen! Er wird wie eine Fackel in seinem Atelier stehen und brennen. Er wird sich lächerlich machen. Seine Haare zuerst! Er ist so widerlich. So widerlich. Sie wird seine Haare anzünden und versengen.
Ihr Scheitel wird glühend heiß. Eine weiße Sandbahn auf ihrem Kopf. Die läuft er jetzt entlang – von oben nach unten, Wende und wieder zurück. Stefan läuft auf ihrem Scheitel. Wenn er wüßte! Wenn er wüßte, daß er seiner eigenen Hinrichtung entgegenläuft. Er zieht die Bahnen, als absolviere er ein Training. Die Kopfhaut staubt ein bißchen, nicht hoch, bei der Geschwindigkeit wird nichts hochgewirbelt. Nur kleine Schuppenhügel an den Wendepunkten. Sie wird nicht aufschauen. Sie wird einfach weiterrennen. Bis sie dann vor ihm steht. Soll er doch auf ihrem Scheitel trainieren, wenn er das braucht. Sie hat damit nichts zu tun. Sie wird ihn jetzt erledigen. Soll er sich ruhig warm machen vorher. Bis sie bei ihm ist, hat er ihren

Scheitel durchgewetzt. Ihre Haare werden links und rechts zu Boden fallen. Wie Fransen vom laufenden Meter. Dann wird es endlich offensichtlich sein, daß sie nur am Scheitel angewachsen sind, sonst nirgendwo. Soll er doch auf sie drauftreten. Sie hat mit ihren Haaren schon lange nichts mehr am Hut. Sie rennt über eine rote Ampel. Ein Autofahrer hupt. Sie dreht sich nicht um. Ihr Lauf wird wieder schneller. Dann soll er ihr auch noch die Augenbrauen wegschneiden mit seinem Hin- und Hergelaufe. Und die Schamhaare. Sie stolpert über einen Bürgersteig. Und plötzlich ist ihr Scheitel verschwunden. Ihre Augenbrauen! Er hat die Arena gewechselt. Dann soll er auch noch einen ovalen Lauf um ihre Achselhaare und einen Dreieckskurs um ihre Schamhaare machen. Sie werden dann als geometrische Flächen abfallen. Klar umgrenzt. Keine Härchen links und rechts. Das ist doch was. Der Autofahrer ruft ihr etwas hinterher. Sie war immer stolz auf ihre kleinen, klar umgrenzten Haarflächen. Deswegen will er sie sich nehmen. Sie wird ihre restlichen Körperhaare mit abwerfen, viele hat sie sowieso nicht. Ein fusselnder Pullover, den man aus dem Gefrierfach holt. Einfach so, als Gratiszugabe. Eine Frau faßt ihrem Hund ans Halsband. Nur ihre Wimpern wird sie behalten, an die kommt er nicht dran. Das wagt er nicht. Dafür müßte er über ihre Augen laufen, und das kann er nicht. Sie wird ihre Wimpern stählen. Bis sie als schwarze, gekrümmte Dolche in einer Reihe stehen. Und dann wie ein Eierschneider durch ihn hindurchgehen und ihn in Scheiben schneiden. Wenn sie zwinkert. Und sie wird zwinkern. Sie wird warten, bis er ihre Schamhaare umrundet hat, dann wird sie ihn in Scheiben zwinkern. Sie wird ihm ihre Wimpern unter seine Nasenflügel ins Fleisch rammen. Es wird durchgehen wie Butter. Sie lacht. Ein Passant bleibt stehen und schaut ihr hinterher. Dann hat er keine Macht mehr. Über niemanden. Dann ist seine Kraft zerfranst. Es wird nur noch ein dünner Streifen stehenbleiben – von der Oberlippe bis zu seinem Penis. Dann ist er ein halber Kopf auf einem Stab mit schlaffem Ende. Im Bastrock. Erledigt.

Dann wird sie ihn anzünden.

Das Dreieck ihrer Schamhaare leuchtet. Er kann ihr ruhig die Schamhaare nehmen. Das beschleunigt es nur. Damit schneidet er sich nur weiter ins Fleisch. Runde für Runde. Er kann ihr keine Schmerzen mehr zufügen. Er zieht nur rhythmisch ein Dreieck nach dem anderen. Da muß sie wieder lachen. Sie hebt im Lauf die Arme nach oben und läßt sie nach unten schwingen. Er zieht die Dreiecke im Uhrzeigersinn! Gleich ist sie da. Die Oper kann nicht mehr weit sein, noch zwei U-Bahn-Stationen von hier. Sie beschleunigt noch einmal. In ein paar Minuten ist sie da. Im Uhrzeigersinn! Gleich brennt er!

Sie muß hier weg! Wieso ist sie nur so schwer? Sie muß aufstehen! Eine Stimme ruft sie: Hannah? Laß mich los! Jetzt! Oh, Gott – alles dreht sich. Raus! Ein paar Schritte Richtung Tür. Die Schulter prallt an eine Wand. Noras Stimme: Doch deswegen. Wo ist der Eßtisch? Die Wand. Die andere Schulter prallt gegen eine Wand. Raus! Stefan! Wo ist die Tür? Mutters Stimme. Stefan. Nur Farben, verschwommene Farben. Nur Grün. Mein Liebhaber. Hellgrün. Ein Schlag auf die Schulter. Die Wand entlang. Immer die Wand entlang. Von einer Ecke über die Bande zur anderen Ecke und weiter im Kreis. Die Tür ist weg. Das Eßzimmer dreht sich immer schneller. Was soll das? Wieso kommt sie hier nicht raus? Ist das ein Spiel? Der Boden und die Wand prallen aufeinander. Das ist es! Sie muß den Eßzimmerboden von den Wänden trennen! Sie muß das Eßzimmer befreien. Den Eßzimmerboden von den Wänden trennen, und das war's dann. Die Nähte lösen! So lange an den Kanten entlangfahren, bis die Nähte freiliegen! Dann aufschlitzen, und der Boden legt einen Eiertanz hin. Die Luft wird einströmen und die Lichter ausblasen. Und dann das Wasser. Fische und Korallen und kleine Quallen. Da: Aus der einen Qualle spricht es! Die Worte laufen in die Sprechblase: Hannah! Hannah, um Gottes willen! Setz dich wieder hin! Was machst du denn da? Hallo, Hannah? Kannst du mich hören? Ha, das ist ja lustig: »Hannah« ist ein Kreis. »Hannah« ist kugelrund ohne Anfang ohne Ende. »Hannah« hat nichts mit ihr zu tun. »Hannah« ist ein Kreis ohne Öffnung. Selbst als Ring zu eng, um ihn ihr über den Kopf zu streifen. Nicht um ein einziges Haar kann man ihr den streifen, so klein, wie er ist. Keine Hochzeit! Die Braut hat einen Wasserkopf! Hannah ist eine Kugel. Nur weil das H aussieht wie zwei Brückenpfeiler, hat sie immer gedacht, daß ihr Name von A nach B führt, daß er ihr Land überbrückt und sie unter ihm schlafen kann. Kann sie aber nicht, weil ihr Name eine Blase ist, die zerplatzt. Die Wortinseln schweben herum, werden größer und kleiner – hööööörs – , stoßen an die Blasenwand – t –, schieben sich ineinander, tauschen ihre Plätze und zerplatzt! Zerplatzt. Da, schon wieder eine Blase, eine langgezogene: Hannah? Es reicht jetzt mit dieser Show hier! Du hast uns einen Riesenschreck eingejagt. Deine Schwester ruft gerade den Notarzt. Setz dich wieder hin! Nur die Show ist rund, rund wie ein Kugelfisch, eine Weihnachtskugel. Da haben wir sie wieder. Zum Glück ist sie dabei, die Show. Sie mischt die Blase auf. Die Showkugel sollte sie am Kopf treffen. Jetzt hat sie sich wieder gefangen. Sie muß die Sprechblasen platzen lassen, Pingpong spielen. Aber es gibt kein Netz, und was sollen die Zielscheiben, die da am Spieltisch sitzen? Zwei Zielscheiben mit aufgemalten Kreisen und dem berühmten Schwarzen in der Mitte. Die Zielscheiben haben Nasen wie ihre Eltern. Ha! Das Schwarz der beiden Zielscheiben bewegt sich – ach: Da kommen die Sprechblasen heraus. Also doch keine Qualle – wie auch, noch schwimmt hier nichts. Keine Qualle, eine Ballmaschine, hier geht ja alles durcheinander. Pong. Ist das eine Spielesammlung oder was? Spiele-

sammlungen fand sie schon immer doof, ein Spiel ist immer beleidigt, wenn man ein anderes spielt. Und dann muß man sich auch noch vor der Dame rechtfertigen, obwohl sie ein Spiel wie jedes andere ist. Damit ist alle Leichtigkeit dahin. Ping. Hat sie jetzt getroffen oder nicht? Keine Ahnung, ist auch egal, sie hat etwas Besseres zu tun, sie muß das Eßzimmer befreien. Zu Stefan fahren und Nora treffen. Mein Liebhaber. Das Messer da holen und damit die Kanten entlangritzen! Honig und Butter und Toastkrümel. Hmm. Abgeleckt. Das Messer an die Kante halten! Hui, ist das schnell. Gleich ist das Eßzimmer frei. Ihre Arme sind meterlang. Da bewegt sich die eine Zielscheibe, stößt einen Schrei aus, hängt sich höher, dreht sich – nur ein dünnes Blatt bemalte Pappe, Pappnase, und verschwindet in der Drehung. Die andere sitzt weiter unbeweglich an ihrem Platz. Wo bleibt die nächste Blase? Los jetzt, links das Messer, rechts der Schläger! Worauf wartet sie noch?
Nichts? Nein? Es kommt einfach nichts. Die Ballmaschine scheint leer zu sein. Wie langweilig, na ja, darum geht es ja auch nicht. Sirenen. Was kommt jetzt? Ha! Die werden ja immer lauter. Schneller! Gleich hat sie es geschafft! Es pocht. Tatütata. Es brennt. Gleich! Gleich sind die Nähte frei! Schneller! Noch schneller! Salto –

Das Eigelb. Das Eiweiß. Wie ein frischbezogenes Bett. Deswegen die Spiegeleier. Die Sonne auf dem frischbezogenen Bett. Die Sonne ruht auf dem weißen Bett und läßt das Laken für sich braten. Alles scheint gut. Doch die Schutzschicht auf der Sonne ist ein Problem, das gelöst werden muß. Das hat das Blatt gewendet. Das unbeschriebene Blatt des Eiweißes, das auch auf der Rückseite leer ist. Was das Ganze durch den Schmutz zieht. Butterschmutz. Das zerknautschte Bett und die verdeckte Sonne kommen hoch, und alles Strahlende ist verbraten. Und das andere Gesicht ist nicht beschrieben, kein Geheimcode, kein Entziffern, keine Dunkelheit. Teflon brät die Leere. Jeden Morgen auf dem Frühstückstisch. Überlichtung. Gesalzene, gepfefferte, in Stücke geschnittene Überlichtung. Aufgegessen und ohne Funken Dunkelheit den Darmtrakt überstanden. Teflon-Lawine, die keinen Schnee der Welt mitreißen kann. Führt die tausend Sonnen am Solarplexus vorbei und verstrahlt den Bauch, der immer noch darauf wartet, das zu gebären, was entziffert werden soll. Ein Spiegelei ist ein Spiegelei ist ein Spiegelei. Wie man es auch wendet. Gähnende Leere. Sunny side up sunny side down.